U0131266

NK INK INK INK INK INK IN
K INK INK INK INK INK INK
NK INK INK INK INK INK IN
K INK INK INK INK INK INK
NK INK INK INK INK INK IN
K INK INK INK INK INK INK
NK INK INK INK INK INK IN
K INK INK INK INK INK INK
NK INK INK INK INK INK IN
K INK INK INK INK INK INK
NK INK INK INK INK INK IN
K INK INK INK INK INK INK
NK INK INK INK INK INK IN
K INK INK INK INK INK INK
NK INK INK INK INK INK IN
K INK INK INK INK INK INK
NK INK INK INK INK INK IN
K INK INK INK INK INK INK
NK INK INK INK INK INK IN
K INK INK INK INK INK INK
NK INK INK INK INK INK IN
K INK INK INK INK INK INK
NK INK INK INK INK INK IN

INK INK INK INK INK INK IN
K INK INK INK INK INK INK
INK INK INK INK INK INK IN
K INK INK INK INK INK INK
INK INK INK INK INK INK IN
K INK INK INK INK INK INK
INK INK INK INK INK INK IN
K INK INK INK INK INK INK
INK INK INK INK INK INK IN
K INK INK INK INK INK INK
INK INK INK INK INK INK IN
K INK INK INK INK INK INK
INK INK INK INK INK INK IN
K INK INK INK INK INK INK
INK INK INK INK INK INK IN
K INK INK INK INK INK INK
INK INK INK INK INK INK IN
K INK INK INK INK INK INK
INK INK INK INK INK INK IN
K INK INK INK INK INK INK
INK INK INK INK INK INK IN
K INK INK INK INK INK INK
INK INK INK INK INK INK IN

INK

文學叢書

144

繾綣情書

袁瓊瓊◎著

／目次／

自序

有一天跑去跟美女喝酒。這美女來頭不小，是那種毫無疑義的美女。見面的時候，她剛錄完了綜藝節目，很一副明星架勢，頭髮蓬蓬，俏俏的小臉。飄著幽微的香水味。和我一塊去的朋友們都半天說不出話來。因爲，實在很漂亮。

看到美女的時候，就會恨不身爲男兒。我也滿迷美女的，絕不比男性同胞的程度差。看到那樣「完全」的造物，從頭至腳，從頂至踵，從上至下，從……

耶，我這幾個形容詞好像意義都一樣嘛！

總之，跟我去的某，女性，跟我一樣，男性細胞比較多的一位好友，就說：「爲什麼會有人長的這樣完美？」

我問美女：「身爲美女有什麼感覺？」

美女說：「爽！」

我想她是非常明白美麗是一種power的。

剛才起床喝咖啡發呆盯著電視做手指運動……

有兩性書籍裡說：男人會讓女人抓狂的行爲之一就是抓著遙控器不停轉台，能轉台轉上十來分鐘不停。我在剛起床時也會這樣，看來我剛起床的時候比較男性化。總之轉了半天，一個畫面讓我停下來了。

那是《整型春秋》。女主角和她的母親一起在健身房。女主角快40，兩人談著話，忽然作母親的把外袍褪下來，裸露出她的身軀，她跟女兒說：跟她做愛的那個年輕男人說她的身體只有40歲。但是：「他無法看我的臉，整個過程他眼睛是閉上的。」所以，她要她的女婿，也是男主角之一，替她拉皮。

我人生裡有兩件事是我絕絕對對不會去做的：

一是自殘，包括割自己傷自己，撞牆撞腦袋，或著知道有病不去乖乖看醫生。我覺得身體是人生的工具，要用它來做許多事的，爲什麼要毀壞它？

可能是我不曾經受過眞正能夠漠視肉體疼痛的痛苦，也可能我抵禦痛苦的能力比某些人強，以致於不能理解那些要用毀壞自己來表達情感的人。事實上我認爲會自殘或自傷的人，某種程度上不爲自己負責，他們用那種方式去逼迫別人爲他的生命負責。或者更壞的，用這方式去控制別人，利用別人的關心和愛，得到自己想要的，造成自己希望的後果。

另一件我絕對不去做的事就是整容。

我個人不整容，但是我不排斥別人做這件事。像我們家美女最近老嚷嚷她減肥減得胸部變小了，考慮去隆乳。我們家美女和她娘都很有實驗精神，就討論了半天不知道醫生讓不讓人在一旁觀摩並且拍DV。不是生小孩都可以讓父親去拍DV嗎？

我的女朋友們，因爲時常要公開露面，有人拉皮有人割眼袋，有人割雙眼皮，有人豐頰……哦還有人抽脂。她們去整容，我都很尊敬和佩服，尊敬她們的勇氣，佩服醫師的技術。不騙你，整容眞的有效，馬上美麗。可以年輕幾十……不，十幾歲啦。

幾乎每次有人給我們看「手術後」的模樣時，大家都會紛紛要電話號碼，包括我，而且嚷嚷說：我也要去我也要去……

不過我是不會去做的。嚷嚷不過是表現團隊精神。而我之不去整容的原因，說來……說來有點可笑，那是因爲……我覺得整容之後，可能會讓我變得自卑。

當然整容之後一定會變得美麗，像一切我們已知的成功的整容例子。但是面對那樣的自己，我恐怕會一直有種愧疚感：會覺得那不是我那不是我，那個「我」是被製造出來的，「她」與我的人生沒有同步。在我自己漫長的人生裡，這新來的，或許美麗的容貌，跟我的人生沒有關係，我活過的歲月，在這新臉上沒有落下痕跡。這是表裡不一的我，這樣的我就如同戴著面具。

我花了很多力氣在這人世裡學習，學習要像自己。這個像不僅是內在，也是外表。我花了那樣久的時間來讓自己的外表符合自己的內在，像一個我希望成爲的自己。我實在不願意上手術台三兩下就把這些給刪除了。

美國詩人奧登的遺言是：

「我終於與自己和解。」

我在我周圍看到太多無法與自己和解的例子。他們認知的自己與眞正的自己差距太大，以致於無法面對和喜歡眞正的那個「我」。

我是很喜歡自己的，喜歡我的承載歲月重量的身材，喜歡我的皺紋，瘢點，眼泡，眼角下垂，老花眼……喜歡自己所有的美或不美。也適應了自己的美或不美。對我，這不是幸運，是我努力學來的，學到愛自己，明白自己的限制，在限制裡完成自己。

我不美麗，但是我依舊得到了力量，或許比美麗更有力量。

55. 我想認識你

這得從我一個美女朋友說起。

她昨天跟我通話。因爲最近剛失戀啊，所以每天都會上網來聊天。

她這人對什麼事都不太專心，連失戀也不太專心。

已開始跟追求者名單上的男孩們約會了。

她總是說：「誰誰原來人很好，誰誰誰眞的對我不錯嘍。」

我說：「你該不會是去跟人哭訴你失戀，讓人家安慰你吧？」

朋友說：「拜託！」她才不會!!

美女被人甩了多丟臉啊，殺了她也不會說的。

美女跟英雄一樣，就是要時時刻刻假裝從來沒有失敗過。

總之，昨天她剛下班，手上大包小包……

我這個美女朋友可不是不食人間煙火的，她時常穿著名牌服裝，坐捷運，手上拖著一堆肥皂粉，衛生紙，餅乾牛奶，麵包蛋糕水果……之類，如果當天心情好，還有一大把花。

這天，美女拖著她那一堆累贅的衣食住行站在捷運車上。很多人看她。不過美女是讓人看慣了的，所以我行我素，但是下車的時候，有個人跟著她下車。

美女說在車上，因爲那個人偷偷瞄她，看兩眼又挪開，所以她也就偷偷打量了一下對方。

她的形容全文照錄：

「還好啦，不是胖子，我最討厭胖子。

我也討厭那種假裝沒有看我的人，看就看嘛，被我知道你會死啊。」

因爲美女標準降低，現在挑對象採消去法，只要沒有啥啥啥就列入名單，所以，她這次決定給這人一個機會，雖然美女以前是從來不回應任何不認識的人的搭訕的。（美女名言：「我又不是路邊攤。」）

對方跟著她下捷運，下電動扶梯，
美女出站的時候，故意去加值悠遊卡。
如果對方只不過正好同路，應該會直接離開吧。
但是對方忽然也停下來欣賞牆上的廣告牌，
也正好在美女加值完之後欣賞完。
我們的美女這時候決心搞怪，
她故意跑到詢問台，找了個事情問東問西。
這給對方出了難題了，都已經到了捷運站門口，
如果不離開，那就得有所表示了。

顯然這個人選擇了後者。
他等在捷運站門口，大約五分鐘上下吧。
美女拖著大包小包終於離開詢問台的時候，
他走過來說：
「我可不可以認識你？」
「我想認識你。」

我覺得這是了不起的話語。
對一個陌生人開口說這句話，
那一定是自己內心的某個部分被觸動了吧。

這句話送出來的時候，其實不止是那五個字，
也同時開啓了自己的心門，
在說：「我想認識你」的時候，
同時是在呼喚著：
「來認識我吧！」

所以，聽到了這樣的聲音的時候，
我總覺得應當要懷抱虔誠與敬畏，
就像在外太空裡尋找生物資訊的科學家，
這個說話的人在茫茫的大千世界中聽見了你微細的聲音。
聽見了，而且願意來尋覓你。

56. 關於岩井俊二

關於岩井俊二，看到這名字，
多數人會想到《情書》那電影吧。
會想到《情書》裡那個被人愛了一生，
自己卻渾不知曉的女主角藤井樹吧。

台灣有個男作家叫藤井樹，
也出了名了，
據他說是太喜歡《情書》的故事，
所以取這個筆名。
不過自從男作家藤井樹存在之後，
我每次看《情書》，就老覺得女主角該換個名字。

最近看了岩井俊二的《四月物語》。
松隆子主演。

女大學生楡野卯月剛考上大學，
從家鄉北海道來到武藏野。
影片一開始，楡野全家人送行，她坐著火車離開，
之後是搬家公司替她送家具來。
在武藏野的街道上，
從北海道過來的搬家工人不熟悉路，
停在街道上向行人問路，
那時候漫天飄著細碎的雪似的櫻花，
忽然，一群穿著黑西裝的人急步越過馬路，
在人群裡，身著「白無垢」的新娘低著頭，
櫻花灑在她頭上，她越過馬路，進入禮車中。
同時間，剛放學的小學生嬉鬧著從街旁跑過去。

楡野在學校裡，新生介紹，認識新朋友，

到電影院看電影，在武藏野的街道上騎單車，
問路，到書店買書，去了一次又一次。
一直到片尾，我們才知道她那些行為不是無目的的。
她是為了自己喜歡的人來到這個城市，
之後，所有的漫遊，是為了在城市裡尋找她愛的那個人。

人群中，在櫻花紛灑中鑽入禮車的新娘，
或者一個最普通的大學女生，背著她的背包，在城市中穿梭。
這些景象經過我們身邊，通常沒有人會多看一眼。
我們就像急匆匆的上班族，趕著回家的小學生，
掠過所聽所見的身邊風景，
奔向我們自以為重要的未來，
渾然不知身邊有無數情節正在發生，正在進行。

岩井俊二就是這樣盪氣迴腸。

看了《四月物語》，讓我覺得

我們身邊的尋常情景裡，
也許都埋藏著故事吧，
那些最不起眼的人物的內心，
也許一樣隱藏著愛的尋覓吧。

有個好朋友跟我說，
他到了任何地方，都會找一個對象來偷偷喜歡。
就是這件事使我不敢輕視他。
有時候想起他在城市裡穿梭的身影，
會覺得他心裡那些靜悄悄的愛，
會讓身邊飄灑著美麗的櫻花，
就像他頭上有一方他獨有的櫻吹雪的天空。

57. 愛會勝利

法語片《蝴蝶》（*Le Papillon*）故事簡單得不得了，
簡單到你說不出它到底內容是什麼，
可是卻是近年來我看過的，最清爽最美麗的電影。

小女孩伊莎和老爺爺朱力安一起到山裡去找「伊莎貝拉」蝴蝶。
這種蝴蝶非常稀有，壽命只有三天，只在夏秋之交的某幾天出現。
一老一少就這麼一路閒聊，走完了整部影片。

這部影片和前面介紹過的岩井俊二的《四月物語》一樣，
都是非常清淡的影片，
也都分別在法國和日本大賣。

有時候覺得對清淡口味的欣賞是需要一點文化素養的。以前有句老話：「三代官宦，方知穿衣吃飯。」事物的美感，和味覺一樣，最高的層次都是清淡。越好的食材，越是要原汁原味，以不加調味料爲最高境界，但是那也得精緻的味蕾才品嘗的出來。

能夠欣賞簡單的，清淡的影片，某方面反襯著這個國家人民層次的高度吧。

片子裡，伊莎和朱力安經過一處山坡時，看到一對情侶正要飛滑翔翼，女孩子很害怕，男孩子一定要她飛，對她說：「你要肯跟我一起飛，就證明你是愛我的。」

老爺爺朱力安看到了，就對伊莎說：「他們的愛情懸在一根線上。」

伊莎問爲什麼。朱力安回答：

愛情如果需要證明，
表示他不信任對方。
如果沒有了信任，那就不是愛情。

在看這一段時，朋友發表意見：
「眞是胡說八道，他在外頭偷腥，亂交女朋友，
難道我也要盲目信任他？
我又不是呆子。」

不過我覺得這句話指的不是「信任那個人」，
而是「信任那個愛」。
信任彼此之間的愛是眞實存在的，
那才有能力去包容關係中的過失和意外，
也才會相信，彼此之間的愛終究要比欲望或失望更強。

現在的人都太聰明，
談感情的時候也要拿斤掂兩，

計較著付出和獲得。

一打算盤，不值，馬上便退卻。

我最喜歡我的好友馬咪說的話：

「他假意我眞情好不好！」

她就是用這種心情去愛人，

到最後假戲往往就成了眞情節。

人也許不行，但是愛總是可以信仰的。

58. 槍與玫瑰

最近在聽重金屬搖滾。

我猜我的人生大約是跟前男友分開之後才開始的吧。
因爲他不喜歡聽音樂，
所以家裡頭多半只有電視的聲音，
他出門之後，我在家聽音樂，
他進門第一件事，就是把音響關上。

因爲他喜歡看政論節目，
因此只要他在家的時候，
電視永遠停留在政經頻道上。
我這樣軟性的人居然也吸收了不少政經知識，

論起國政能夠到達李登輝程度，
說來也還是要拜他所賜。

他喜歡喝酒，所以時常陪他跑 pub，
做那在 pub 裡喝牛奶的人，
因爲回家的時候，至少有一個人得是清醒的。

他喝醉了喜歡嚕，
因此就陪著他，聽他胡言亂語，
陪著他直到早上，
所以才成了夜貓子……
不，上面這句是隨便說的，
本來就是夜貓子，
只是他讓我變成了加強版。

就算是現在，回想起來，
依然不覺得跟他一起時受到限制，

因爲那樣屈就是心甘情願的，
我個性裡也是有很卑微及柔軟的部分吧。
許多女性在內心深處，大約都有一些柔軟及卑微的部分吧
對女人來說，爲自己的所愛柔軟和卑微，其實是一種快樂。

如果不離開他，大約也不會知道
自己喪失了什麼。

我是聽覺特別敏感的人，
任何聲音只要聽過一次，
我就能將他從其他的聲音獨立出來，
下次再聽，絕對不會認錯。
我時常忘記人的臉孔，名字，但是聲音我從來不會忘記。
在不認識他的時候，音樂像陽光空氣水一樣，
於我是不言自明，一定，而且必須存在在生活裡的東西。
認識他之後，才知道原來沒有那些也可以活。

分開之後，就又知道了一件事，
沒有音樂也可以活，
但是生活裡添加了這個元素，會更加美妙。

我在跟他分離的這段日子裡，大量聽音樂，
沒有鑽牛角尖到不可收拾的地步，
音樂大概幫了很多忙吧。

以前不聽重金屬搖滾，被他們的造型和「重金屬」三個字嚇死了，
總覺得我老人家絕對受不了的。
結果最近聽到 GUN N' ROSE 的〈Don't Cry〉，
咦，怎麼會這麼好聽這麼柔情？
所以就特地找了它的專輯來聽。

GUN N' ROSE 眞是不可思議的團體，
一貫的聯想，都覺得音樂是陰性的，感性的，
但是重金屬搖滾十分剛強，就連情歌也絕不柔軟，

他能唱得非常溫柔，但那是菸草和皮革的溫柔，
是野獸的溫柔，摻雜著皮毛，筋骨，指爪。

近些年都是些「溫柔得可以滴出水來」的音樂團體和音樂人，
上世紀的 GUN N' ROSE 聽上去，才眞覺得：這才是男人。

所以國內的 BAND，我喜歡信樂團勝過五月天，
但是五月天比信樂團紅，
可能也表現出我們整個民族在根柢上，
並不像表面那麼強悍。

59. 怪力亂神

馬奎斯在《百年孤寂》裡寫到一個人，
喉嚨被打了一個洞，因此身亡。
死後，他每天晚上到凶手家的水井邊，
神色悲哀的洗他的傷口。

跟這差不多的事，
我的朋友最近碰到。

他在公司加班，離開的時候，
看到另一個同事還在位子上，
他直到走出公司大門，
才忽然憬悟，這個人最近身亡。

只要談到這一類的話題，
總是可以衍生出許多問句出來。
「你看到他的臉了嗎？」
「你有沒有看錯？」
「你不會害怕嗎？」

不過不管這件事是眞是假，
我的朋友是不是看錯或者神經過敏，
我很喜歡這個鬼故事那種平靜和日常的感覺。

達賴喇嘛在《達賴新經》裡說到一件事。
他說在西藏有一種修行者能夠飛行。
早上師父帶著徒弟到另一座山去修行，
黃昏時，可以看見這一群喇嘛像大鳥一般，
從這座山，飛向那座山。
這件事許多藏人都看過，

但是沒有人提，
因爲在他們的生活中，
那是極尋常的事情。

達賴喇嘛可能是全世界最聰明的人。
以前報導過，他說他不相信轉世輪迴，
當時看，就覺得奇怪，
因爲轉世輪迴是佛教的基礎。
後來又看到反駁的文章，
才明白他那句話的原意是：
他不談轉世輪迴。

最近在北京電視台看到報導「稻草圈」的事。
稻草圈就是梅爾．吉勃遜演的那部 *Signs* 裡，在玉米田裡的巨大圖像。
有不可解的事情出現的時候，
總有一堆人要去證明它是假的。
不過我總是相信的，

相信所有的怪力亂神，
好像給自己的世界增加了一些可能性。
我不知道別人怎樣，
可是哪一天我不小心死掉的話，
我是一定要回來跟大家打招呼的。
哈！嚇死你們了吧！

60. 最重要的人

跟劇組一起去喝酒。
劇組六個人，有男有女，
各喝半杯啤酒之後，大家就都開始笑嘻嘻的。
忽然之間熟絡非常。

有時候覺得，喝酒這件事，
重點不在喝酒，更不在喝醉了沒有，
而是面前有一杯酒的時候，
許多事便不需藉口。

所以他就開始說了，
他非常愛他的老婆，但是老婆在台灣啦，

他在這裡逢場作戲，
也是不得已。

他旁邊的女人一聲不哼，
大家都知道他們兩人的關係。
就這麼公開自己的想法，我覺得太殘忍了。
我個性比較毒辣，又仗著是「老人家」，所以就問：
「你好像逢場作戲的對象不少嘛！」
他大笑：「所以才叫逢場作戲啊。」

逢場作戲的規則就是絕對不可以定於一，
要定下來，那不是要比老婆還大了。
所以，他很睿智的說，只要發現對方開始放感情了，
他立刻閃。
反正大陸的女人像天上的星星一樣多。
你總是找得到對象的。

他把手擻在心口說：老婆是他最重要的人，
他絕對不會傷害她。

他身邊的女人是他的搭檔，
在大陸工作的時候，她身邊總是他，
但是他身邊不一定是她。

我後來去陪他的搭檔喝酒。
女人很平靜。她說她無所謂，這些話其實私底下兩人也不知道談過多少次了。
老婆是他最重要的人，他絕對不會傷害他老婆。
而她心底最重要的那個人，是他。
她就輸他這件事。

這種所謂「最重要的人」的說法，
我每次聽見都覺得很悲哀。
爲什麼最重要的那個人，不能是自己呢？

忘了在哪裡看過一幅圖畫。
是兩條蛇，彼此互相呑食著對方的尾巴，形成一個連環。
這個呑食到了最後，會變成一個球狀物吧，
那時候眞的是你中有我，我中有你，
但是兩個人都變形了。

愛情，好像時常會變成這樣。
所以，或許劈腿的人有更多的自覺吧，
劈腿某方面來說是對單一對象「鬆口」。
劈腿可能除了外在誘惑之外，更多的是不願意喪失自己。

算了，別理我，我好像喝醉了。

乾杯!!

61. 我要照顧你

日本偶像劇裡，男人總是對女人說：
「讓我來照顧你的一生。」

我認爲這是男人對女人說的最美麗的話語。
但是眞實人生裡好像是沒有的。
至少，在我的人生裡，
我自己，或我的女朋友們，
從來沒有聽過男人這麼說過。

一直到現在。

我上次回台北的時候，

到三峽去看一對好友。

這兩個人的結褵只能說是宿世冤孽。
女方在台北藝文圈小有知名度，
出了許多書，
男方則是個除了電腦書籍從來不看任何白紙黑字的怪胎。
在女方依然有夫有子的時候，
兩個人相遇了。

先別說這樣南轅北轍的兩個人，
爲什麼會產生天雷勾地火的吸引力，
只說結果。
結果是女方拋夫別子跟了這個男人。

做了那樣大的割捨，
所以無論有多少愛，
兩人之間也沒法是 happy ending。
女方被夫家，甚至自己娘家排斥，

她爲了逃避，跟男的搬到三峽去，
兩人厮守著過日子。
唯一還有聯繫的大概只有我。

我的女友是敏感細緻的女人，
有那麼點不食人間煙火。
人很溫柔，聲音非常好聽。
但是這好聽的聲音，後來每次打電話給我，
都只是疲倦的說：「我今天可不可以去你家住？」

她來過夜的時候，手機徹夜響，
我家的電話也響個不停，
每一通留言都是男方的哀求，喊著我女友的名字，
說：「讓我跟她說話。」
女友有時候接電話，
那麼第二天，男人會開著吉普車在門外等著。
有時候不接電話，那麼那一整天，我們家就很吵了。

到最後，女朋友就還是會接電話。

兩人這磨合的過程非常可怕。女友時常坐在我客廳裡，
滿眼蓄淚，什麼也說不出來。
因爲她自己也不明瞭，
如果是相愛，爲什麼搞得兩個人這樣痛苦。
使她覺得男人在代替她拋棄的丈夫和孩子懲罰她。

男人不擅言詞，也不愛說話。與女友一向認識的男性迥然不同。
我們也算是認識了五年，可是一直不熟。
我一直覺得他有點像隻流浪狗還是什麼，
就是有一種強烈的執念要留在女友身邊，
無論怎樣的情況都趕不走他。
他完全不了解她，
就光只是愛她而已。

上次去見他們的時候，

男人在蓋房子。

兩年前男人在山上買了一塊地，
之後就時常上山去蓋房子。
他一點一滴的做著，
有了時間就去整地。
有了錢就去買材料，把房子慢慢搭起來。

我去時，看到的房子，外觀已經成形了，但是屋內徒有四壁。
但是，對男人來說，那房間並不是空的。
他指著方位告訴我：
面窗的這一塊要放女友的書桌，
背後的整面牆準備裝置書架。
陽台上要搭起花架，種上紫藤，
女友寫稿寫累了，就可以坐在花架下喝咖啡。
這房子倚山傍水，男人設計了一個平頂陽台。
他說：不論他在這塊地的哪一處，女友只要站在陽台上揮手，他都會看見，就會馬上趕到她面前來。
最後他說：他不會寫文章，也不會說話，
可是他是要照顧她一輩子的。
這是我認識他以來，聽他說話最多的一次。
他們兩個現在不吵架了。
我的女友變成了愛笑的女人。

62. 等

在北京待久了，天天聽「標準國語」，
才發現，原來北京話不是那麼脆爽的。
我在生活裡碰到的北京人，
講話是黏答答的，
字句一個連一個，搭拉在一塊，
完全不是電影裡電視裡聽到的那麼鏗鏘分明。

有說是「天子腳下」，
以前在上海，很多人說：北京人看不上外地人。
我現在待在北京，覺得這跟他們說話方式多少有點關係。

你跟北京人說些什麼，

不管眞的假的，要緊不要緊的，
北京人總先回一句：「是～～嚜。」
那拉長了的「是」字重音，立刻把你的意見化成了輕描淡寫，
之後，落一短句「嚜」作收束，完全不用說明，
就決定了你的無足輕重。

不過北京人似乎不知道他們有那麼傲慢的語言。
滿街都是小販攤開了皮箱賣碟片，
你說這片我有了，她頭也不抬說：「是～～嚜。」
好像你這話非常可疑。但是你要不買，
她也就望望然隨你離去，絕不用一個字句，一聲嘆息來挽回你。

到處都看得到賣碟片的小販，找個街邊，把皮箱攤開來，
就開始等。
賣雜物的小販也一樣，在街邊鋪上絨布，放上零碎物件，
之後就蹲著等。
發ＤＭ的，發優待卡的，發名片的，也都一樣，

手上抓著東西，站在街邊等。
賣吃食的，拉三輪車的，在路邊排成一長條，
在等。

在大陸，到處都會看到人走來走去沒事幹。
任何一家小店，小的半分鐘就把全個店參觀完畢了，
裡頭一樣放上四五個店員，通常總是比客人多，
所以永遠有人站在邊上。
上哪去，都會看到一群人，無所事事的站著或坐著，
在等。

大陸因爲距離的緣故，隨便上哪去都得花一個鐘頭上下，
我猜想他們的時間感是跟我們不一樣的。
一口氣等個四五個鐘頭也許不算什麼吧，
至少我是從來沒聽過大陸人埋怨「等」這件事，
不耐煩的大半是像我這樣的外地人。

上禮拜去片場看拍戲，要拍大場面，
凌晨五六點，四下灰濛濛的，就看到將近兩百來人，
在庭院裡等。
戲要十點才開拍呢。
這群人就站著，一點聲音也沒有，在等。

這樣大的國家，
十二億人口裡，我猜至少有十億人是一天到晚都在等待的。
等什麼好像也無所謂，很有存在主義時期等待果陀的那種況味。
我有時出外買東西，總是看到許多人站在路邊，
什麼事也不做的站著。我買完了回來，他們還站著。

這個國家的耐性或者韌性，其實完全落實在等待這件事上，
我想我們急的那些事，
可能他們一點也不急吧。
都已經等了兩千年了，
再多等一下子又怎麼的！

63. Hazard

Hazard —— Richard Marx

My mother came to Hazard when I was just seven
Even then the folks in town said with prejudiced eyes
That boy's not right
Three years ago when I came to know Mary
First time that someone looked beyond the rumors and the lies
And saw the man inside

We used to walk down by the river
She loved to watch the sun go down
We used to walk along the river
And dream our way out of this town

我一向喜歡歌詞，
可能超過詩吧。
心情不好的時候聽某些歌會跟著落淚，
可是詩從來沒有這種效果，
就算是痖弦的詩也不行。

從前的《詩經》，民風，古樂府，都是民間的流行歌曲，
白居易的詩寫出來之後，閭里傳唱，
詩是與歌結合的，動人之處可能是意義與音韻結合的效果，
跟著哼唱的時候，我們不止用思想去理解它，還用身體，
當思想情緒是用自己的胸腔，喉嚨，整個軀體去感受的時候，
不共鳴大概很難吧。
決定要跟情人分手，聽著陳昇那句：
「能不能讓我，陪著你走……」
每聽每哽咽，再沒有那樣悲哀的歌曲了。

No one understood what I felt for Mary
No one cared until the night she went out walking alone
And never came home
Man with a badge came knocking next morning
Here was I surrounded by a thousand fingers suddenly
Pointed right at me

I swear I left her by the river
I swear I left her safe and sound
I need to make it to the river
And leave this old Nebraska town

最近在看達賴喇嘛。他所說的：
「我們一旦知道事情總是在改變，
即使正經歷困難，
也會因爲知道情境不會永遠如此，
而獲得慰藉。」

讓我得到莫大安慰。

事情的恆常不變其實是讓人覺得巨大的寂寞，
所謂「永恆」，老是讓我想到掛在牆上開始風化的老照片，
使我覺得，永恆的意義只是「永遠的被拋棄」罷了。
所以達賴喇嘛畢竟是聰明的，他說：

事情是永恆的這個觀點，會摧毀我們。

I think about my life gone by
How it's done me wrong
There's no escape for me this time
All of my rescues are gone, long gone

I swear I left her by the river
I swear I left her safe and sound
I need to make it to the river
And leave this old Nebraska town

64. 名叫危險

我在網路上的化名是「Hazard」。

最初以為「Hazard」是河流的名字，
因為聽 Richard Marx 的〈Hazard〉時產生錯覺，
後來查字典才知道它的意義是「危險」。

覺得很適合我。

不管內在外在，不管對別人對自己，
我不能算是很安全的一種存在。

今天跟朋友坐捷運，因為忘了帶悠遊卡，
他們刷卡進站之後，我留在外面買票，

買了票進站，正好看到一班車離開。
我還以爲朋友們自己先走了，因爲都知道要去哪裡，
結果發現他們在等我。其中一個說：
「如果是別人，我們一定上車先走，可是是你，
我們如果先走的話，恐怕到明天都不一定見得到你。」

會有這種說法，是因爲我是百分百的路癡。
我應該算是相當資深的計程車族，
（想來花的計程車費大約可以蓋一層停車場了吧）
從來不需要認識路，只需要認識計程車就行。
因爲沒有計程車，所以時常在捷運站迷路。
前面交了個男朋友，自從我在台北車站轉車轉到反方向之後，
每次我回家，他都會陪我坐到台北車站，
在車子來的時候抓住我說：「不是這班。」
然後在正確的班次來的時候，看著我上車，在窗外跟我揮手。

我想我其實沒那麼笨吧，但是爲了享受這種關心，

每次就執意低能。故意不要去注意這些事情。
每次朋友說：「你呀！」把我從馬路上的車子前拉回來，
或者一起出門時，忽然發現我失蹤，就一家一家店找尋我的時候，
我就在享受著因爲自己的低能造成的危險。

這麼喜歡給人找麻煩，
可能源由於自己內心其實還是不那麼有安全感吧，
可能其實還是總覺得被愛得不夠吧。

我喜歡的那個男人，我每次跟朋友出去喝酒，
他就說：「不許喝。」
他做這種限制的時候我總是很開心，馬上快樂的說好啊。
他就會稍作讓步，說：「好吧，喝一杯。」想一想又說：「只能喝啤酒。」

我和他分隔在兩個城市裡，明明白白知道這完全不成其爲約束，
我喝或不喝，他也看不見，是不是喝醉了回來，他也不知道。
但是他總是這樣說，而我也總是說好啊。

而在不負責任的謊言中感覺幸福。

為什麼被約束的時候就覺得快樂，

帶給別人麻煩的時候就覺得幸福呢？

不知道。

我第一次出國的時候，因為不認識旅行社，又是自己一個人，所以就自己上網訂機票，訂旅館，安排自己的全部行程。

後來在飛機上，遇到同樣去美國的旅行團，那領隊聽說我是自己搞定全部行程的時候，只說了一句：「你很勇敢。」

這件事我沒告訴任何人，因為要保有不勇敢的權利。

65. 男人撒嬌

聽見兩個年輕女孩在咖啡廳聊男朋友。

聽著聽著覺得她們好像在聊的不是人類，而是玩具或是什麼食品之類的東西。

一個說：「好~可愛哦，眞想把他吃掉。」

另一個說：「我的熊寶貝還不是一樣，我好喜歡抱他，大大胖胖的，抱起來好舒服。」

在一連串的好可愛好可愛的字眼之後，兩個人合唱似的發出呻吟般的嘆息說：我愛死他了愛死了愛死了。

這是女生談自己的男人的方式。

說實話，除了用詞的差異，

每個不同年代的女孩們的狀態是一樣的。

男人只要成爲自己的了，女人第一個動作就是開始發掘他的好處，然後鉅細靡遺的愛他。

這狀態並不是完全盲目的，也不是看不清他的缺點，其實都知道，但是一點不妨礙我們愛他。

《B.J.單身日記》的第二集裡，布莉琪．瓊斯躺在床上，悄悄的偷看她熟睡的男友。至少有百分之九十的女性做過這種事。

因爲這個電影是女導演拍的，所以她安排男主角閉著眼睛說：「Stop！不許再看了！」事實上，我相信有百分之九十的男性不知道有這種事。

導演的這個設計只反映了女性的一種心態。

我們很希望男人知道啊，很希望男人知道我們多麼愛他們。

我時常覺得男人撒嬌的時候最性感。

成龍在十幾年前拍過一張照片。他這輩子大約僅此一張吧。

我不會太喜歡成龍，可是這張照片一直收藏到現在。

照片裡成龍穿著白色浴袍，躺在天藍色的床單上，睡著了。

是他那睡著的方式。他蜷縮著，腿弓起來，是嬰兒在母胎裡的姿勢。

男人像嬰兒的時候，不知爲什麼，就是我們最愛他的時候。

而男人其實是很容易像嬰兒的。

正確說，男人大多數時候都是像嬰兒的。

兩性書籍裡講到男人的一個狀態，說他們需要發呆。

他們的發呆並不是在凝想什麼，或者沉思什麼，就眞的只是腦袋空空的在發呆。

與女人完全不同。

男人呈現空白狀態的時候，會變得非常的柔軟，簡單。

我的前男人每次起了床，就會一動不動的坐著。呆坐個十分鐘上下，有時候更久。

問他在想什麼，通常的答案是：什麼也不想。

現在的小男人喜歡伏躺著，一動也不動，一聲也不哼，

同樣的，也是什麼也沒想。

有人問我男人撒嬌不知道是什麼模樣？

我覺得就是這樣啊。

信任兩人之間的愛，然後非常放鬆的，把自己最單純的狀態暴露在自己的女人面前。

老話說：「愛情是男人生命的一部分，卻是女人的全部。」

在女權這麼發達的現在，這件事沒改變，可以同意這其實是女人的本性了。

女人的撫育，生殖和母性的能力，都要依靠男人來發動，

沒有男人，我們無法成爲完整的女人。

所以，只要是自己的男人，女人很容易就會全心全意的去愛。

男人大約不知道女人在背後是怎樣談他們吧。

我們會怨嘆男人不愛我們不關心我們寧願上網打電動不陪我們吃飯跟狐朋狗友打球喝酒不帶我們看電影……

可是只要想起了一點點什麼，就足以把我們全部的溫柔拉回來。

也許只是他吃飯的時候黏在嘴邊的一顆飯粒，

也許是他儀容不整時腦門上翹起的頭髮，

也許是他心不在焉發呆的模樣，

也許是他的走路，也許是他的說話，也許什麼都不是……

女人會皺了眉說：「哎～～喲～～」好像無可奈何，但是心裡會甜甜的，會說：「可是他好可愛喲。」

我的小男人伏躺著的時候，就去輕輕撫他的背，好像他是一條小狗。
撫完了背部，把他翻過來撫摸他的肚子。
他總是很享受的閉著眼睛，完全放鬆，無防。
這就是他撒嬌的樣子，
而我這時候總是覺得非常非常愛他。

66. 想得太多

如果有機會，我猜男人最想給女人的一句忠告是：

「不要想得太多。」

以前看過一個故事。

約翰和馬麗約會，共度了愉快甜蜜的夜晚之後，

約翰送馬麗回家。

在門口，兩個人吻別，

這時約翰忽然嘆了一聲：「唉～」露出煩惱和遺憾的神情。

馬麗問：「怎麼了？」約翰說：「沒有什麼。」然後匆匆離去。

馬麗充滿了疑慮回到家裡。

她不知道約翰是怎麼回事了。

她檢討這個晚上自己的行止，看不出有什麼不對，

但是約翰那裡顯然是出狀況了。

她因爲焦慮，於是把自己的手帕交朱麗call醒，上MSN討論。

兩個女人一番長談之後，朱麗告訴她：八成是約翰想分手，但是沒法說出來，不忍心傷害她。

並且提出自己的經驗作佐證。

馬麗開始哭，不願意相信這個事實，爲了確認不是朱麗想得太多，

兩個人把另一個閨中密友南西吵醒。

南西贊成朱麗的看法，並且爆料有一天她聽見自己的男友約瑟跟約翰聊天，

約翰對約瑟說：「女人實在太麻煩了。」

因爲馬麗哭得太厲害，所以這群手帕交就趕到她家裡來。

整個晚上，女人們彼此鼓勵，打氣。給馬麗作心理建設，臭罵約翰，

南西並且帶來了八個男人的電話，勸馬麗重新開始。

而離開了馬麗之後，約翰的夜晚是這樣過的。

他回到家，發現自己擔心的事情果然發生了，

他居然忘了錄下NBA冠軍大賽的最後一戰。
他忙忙打電話問自己的死黨約瑟，
約瑟告訴他勝負比數和比賽中的精采部分。
約翰扼腕不止，幸而知道了第二天早上會重播，
於是他馬上上床睡覺，以免睡過頭錯過重播。

第二天看完了球賽，約翰打電話找馬麗，電話那頭聽見是他，立刻喀答掛上。
他只好找死黨約瑟去打保齡球，在球場，南西用憎惡的眼神看他，
約瑟過來寒暄：「聽說你把馬麗甩了？」

再白癡的女人，談起戀愛來，也會變得心細如髮。
男人要知道女人在喜歡一個對象時，是如何鉅細靡遺的觀察他分析他揣測他結論他，
可能全部會移民到外太空去吧。

女人時常研究一些不必要的事情。
爲什麼他忽然去剪頭髮？（答案是：天氣太熱。）
爲什麼他MSN忽然改了暱稱？（答案是：一時心血來潮。）

爲什麼他不回我的簡訊？（答案是：覺得沒什麼好回的，你又沒有問什麼。）
爲什麼他今天不約我出去？（答案是：我昨天跟你約會過啦。）
爲什麼他說要打電話結果沒打來？（答案是：打電動打忘記了。）
爲什麼交代他的事情他總是不做？（答案是：你交代了一小時，我根本聽不懂你到底要我幹什麼。）

而這些問題對女人，通常都只有一個答案，就是：「他不愛我了。」

其實男人在面對感情的時候，通常都滿白癡和白目的，沒有女人那麼多的心機和心眼。
這不是說男人笨，其實是男人沒興趣把聰明才智用在愛情上，除非這件事成了他的事業，可以賺錢，所以眞正的好情人一定是禮拜五牛郎，可是他們經營的依舊是事業，不是愛情。當眞愛了，他的敬業也就不見了。

我自己的一個看法。別的事情可能過程比結果重要吧，可是感情這件事是「結果論」的。
愛得要死，可是最後「新娘不是我」，那就是無緣之人。
與其在過程中反覆，不如選定一個結論，然後不要懷疑的向前走去。
如果愛，就相信，如果不愛，就走開。
不要玩那種「他如果怎樣我就愛他，他如果不怎樣我就不愛他」的遊戲，
如果我們的愛和不愛依舊由對方的反應來決定，
那實在就不能說我們是自主的。

女人時常想得太多，其實就是因為沒有認識到：
女人也有愛和不愛的權利，
愛是出於自己的選擇，不愛應該也是。
要擊自己的鼓，跟隨自己的拍子起舞。

67. 無限住人

最近工作情緒不佳，意興闌珊，有一搭沒一搭的。
可能是因爲天氣熱吧。

不知道別人是怎麼過的。

我依舊半夜工作。家裡居然比戶外還熱。
半夜出門去「吉野家」找東西吃，總是奇怪爲什麼外頭那樣涼爽。
可能跟天黑有關係。外頭黑黑的，就讓人覺得涼。

我喜歡半夜在無人街道上行走。
有時候去街角的投幣洗衣店洗衣服，背著一大袋衣服，
做賊也不過如此吧。

時常在心裡頭準備著碰見警察要如何爲自己辯白，
但是事實是：從來也沒碰見任何警察，也沒碰見任何人。
於是洗完了就又背著一大袋衣服回來。

在路上單獨行走著，而不覺淒涼，
可能跟心裡頭有人住著有關。
日本有個漫畫叫《無限住人》，
意思是居住在無限中的人，也就是不死之身。
我心裡的這個「住人」，
有一天一定要好好來寫一下我與他的關係。
但是現在沒法寫。
至少在目前，他是讓我迷惑不解的。
比較確定的是，他給了我
忘也忘不掉的無限回憶。
就算日後他離開我了，想必那許多回憶，
還是會在我的心裡「無限住人」吧。

68. 如風

最近在看柏特．海寧格的《家族星座治療》。
好書一本，已經看了半個月，每天看一點點，有時反覆回頭再看。
這是談心理治療的書。我向來對心理分析有興趣，對人性的複雜，
深不可測，黑暗與光明共治，醜惡與善良並存，一直都很著迷。

我的小男人大約就在這一點上吸引我吧。他既單純又複雜。
許多困難的事他做來十分輕易，
一些平常人的避諱，他就行若無事的表達出來了。
有時候聽他說一些事情，我一邊覺著受到傷害，一邊又會詫異，
他怎麼會那樣純潔，明亮的，簡單，無心的就表達了呢。
就因爲這樣，我於是一邊心碎，一邊就原諒了他。

他有憂鬱症病史。一直到現在還在看醫生。
他本人是很奇特的。外表看起來成熟，但是有一種少年般的氣質。
人很秀氣。他的形體和面貌都有一種工筆描繪的感覺。
濃眉，眼睛深深凹進去。薄嘴唇，沒什麼鬍鬚。
而頭髮非常柔軟，細，黑，軟柔得像他這個人。
他總是讓我覺得非常柔和，安靜。
我沒看過他發脾氣，雖然他說他其實脾氣不是那麼好的，
說他發起脾氣來很凶的，但是就算這樣，還是覺得他很安靜和柔和。

我們都是有故事的人，所以在一起，最主要的活動就是談話。
什麼事都說。他說他的過去，我說我的，
我沒遇過這樣願意跟我坦然分享內心的男人。

一直覺得男人對於親密談話興趣不大，
男人的心好像劃分成許多同心圓，
像剝洋蔥一樣，要一層層由外進入，
每一層都伴隨刺激和眼淚。

而進入每一層內心都要通行證，
我想有許多女人，終其一生都不曾得到她們愛的那個男人的通行證。
當然彼此不了解的伴侶，一樣可以過一輩子，
可是我一直覺得分享內在是很美好的事，
而我的小男人給了我這個禮物。

他非常會敘述，那敘述能力的周延和細膩，一字不易的寫下來，便是散文和詩。
而聲音又非常好聽。
他帶給我生活中種種美妙感覺。
其實不再年少的他居然有這樣的表達能力，
而老是覺得自己逐漸衰老中的我居然有這樣的領會能力，
使我們兩個人都覺得驚異，好像重新發現了自己。

柏特·海寧格說過：「心念如風」。
他跟中國的禪宗一樣，反對落言詮。
他覺得心念成爲話語，便會與眞實的生活失去連結。
而我和我的小男人對話之美妙，可能便是因爲已經成了純粹的敘述，

其實與眞實生活是沒有連結的吧。
其實只是夢想和幻覺吧。

所以，現在的我，和他，
可能都活在夢中。

69. 愛情龍捲風

朋友談戀愛了。

這個朋友是很嚴肅的人，我跟他認識快十年，
到近半年才開始敢跟他開點小玩笑。
結果意外的發現他很有趣，也挺有幽默感。
以前總覺得他不苟言笑。

他40出頭，剛與妻子分手。
隨即捲進他這一生從來沒有經歷過的狂浪愛情裡。

他的離婚並不痛苦，有幾乎十年時間兩夫妻都分居兩地，
早已貌合神離，去年聖誕節妻子約他在巴黎相見，

兩人決定再試一次能不能找回某些感覺。
在巴黎的那一週，其實很美好，
但是兩個人都知道已經不對了。
離開巴黎，兩人走了兩條路線，
他飛台灣，妻子飛美國。
不久就寄了離婚協定書來。
等他簽了字寄回去，他便從這段超過十年的婚姻裡脫身，
成爲無名指除役的人。

眞說起來，他的生活沒有大變，
他與過去一樣一個人生活，身邊沒有伴侶。
有人問起他的妻子，他就伸出手來出示指根上那一圈白，
說：「我的無名指已經除役了。」

我的朋友不是喜歡應酬的人，離婚之後，
許多人表達同情的方式就是把他從家裡拉出來，
半強迫的要他參加種種熱鬧場合。

有一次被拖去參加好友的party，主客是某社交名媛。

名媛已經40多歲，出了名的美麗和有錢。
因為不容易找到匹配的對象，所以雖然緋聞無數，依舊單身。
她剛結束一年一度的歐洲之旅，主人邀了朋友為她洗塵。
而美麗的名媛姍姍來遲。抵達時，我的朋友正窩在角落裡翻雜誌。
一堆賓客擁上去跟主客寒暄，主客卻問：「那邊看書的是誰？」

我的朋友現在見到人就要問：
「你相不相信一見鍾情？」
不等你回答，他又說：「我是不相信的。」
他是別人一見鍾情的對象。

名媛那個晚上就從頭到尾黏著他，到了末了，堅持要跟他回去。
都是成年男女，再說他也不是柳下惠，結果，
他體驗了畢生頭一次的一夜情。

然而女方就不走了，
她跟他說：「我一見到你，就知道你是我命裡注定的那個人。」
她在他家裡足足賴了一個禮拜，
他這一生從來沒有這樣瘋過，
使得他開始懷疑自己的歲數，
他老了這麼多年，忽然發現，
原來他比自己以爲的要更年輕。更有能力。

名媛離開了，但是在由台灣飛巴黎的飛機上給他打衛星電話，
說了十多個小時，那電話費比機票還貴。
她邊說自己多想念他邊哭。
她比預定的行程早回來，因爲想他。
拖了十來件行李回到他家裡來，又不肯走了。
他費了好大的勁才把她又勸回自己家去。
認識他兩個月，女方就回家去宣布自己非他莫嫁。
之後就被軟禁在家裡，女方不吃不喝，父母親終於屈服。
現在的情況，女方家長讓步，也見過了我的朋友，

但是希望不要這麼早談嫁娶，希望兩個人再等一年。

兩個人現在還是在一起，女方的熱度沒退，

每天要給他打八百通電話。

總是說：「我一見到你就知道你是我命裡注定的那個人。」

我的朋友問我：

「你相不相信一見鍾情？」

他是搞科技的，所以很冷靜的又自己回答：

「我是不相信的。」

但是他身上的龍捲風還在颳，他自己也沒法解釋。

我問他：「那你覺得幸福嗎？」

「幸福啊。」他微笑：「可是我還是不相信。」

我現在比從前更清楚年齡在自己身上的影響，了解到一件事。

愛情會在任何年紀來臨。

而黃昏之戀，其實跟青春之戀一樣拚命哩！
年輕人談起戀愛來生死以之是因爲是第一次，
而老人家是因爲可能是最後一次，
餘燼的熱度其實不輸新火呢。

70. 托斯卡尼豔陽下

我看了三次《托斯卡尼豔陽下》，從來沒有從頭看起過。

第一次看到時，女主角站在海灘上，那義大利男人說：

「你要我跟你做愛？」

女主角點頭。男人就說：「義大利男人總覺得美國女人會說這種話。」

但是他依舊彬彬有禮的說：

「這是我的榮幸。」

第二次，女主角在哭，另一個義大利男人，站在她面前看著她，對她說：「小姐，請你不要再哭了。你再哭下去，我就必須跟你做愛，而我從來沒有對妻子不忠過。」

昨天看了第三次。同樣從中段看起。
女主角在義大利市場閒逛，一個美麗但年老的義大利女人，
捧著一隻小鴨，在脖頸和臉頰上輕觸，感受初生的雛鴨絨毛的柔軟。

我一次比一次更接近片頭，總有一次可以從頭看起吧。

這部片子裡的義大利男人非常浪漫，而且似乎以多情爲能事。
女主角從街上經過，都會有男人追出來，一路不捨，
而邂逅或分手，義大利男人都表達得有情有義，
果然是卡薩諾瓦的國度。

然而有情有義，不代表他不會讓人心碎。正好相反。
我猜義大利男人捏碎的女人心恐怕也是全世界首選吧。

女主角換上白色洋裝，去見她的義大利情人。
結果發現這男人在兩人分開的時候已經另外有了對象。
初見之後，兩個人就一直陰錯陽差，彼此錯過。

這才是第二次見面，結果一切已經結束。
女主角問：「你難道就不能等一等？」

當初邂逅時，男人說：「愛情來的時候，
你要知道及時抓住它。直到時候到了才放手。」
這時候男人回答：「我們曾經有過時機，而現在時機已過。」

我佩服義大利男人坦然面對自己的背叛，
並且對感情的直率和誠實的態度。
也許就因爲這樣直率和誠實，才使得女人們在心碎之餘，
依舊願意去愛他們吧。

我跟我的小男人約定，如果感覺沒有了，要讓我知道。
我寧願他告訴我：
「我已經不愛你了，但是至少我沒有騙你。」

欺騙的難以忍受是因爲覺得對方把自己當呆子，

在不愛之餘，還要污辱我們的智慧。
如果坦誠面對，無論多糟的情況，好像都比較容易接受。
女人其實很實際的，跟女人分手，
告訴她：「我不愛你了。」其實比找一堆莫名其妙的藉口要好。
她會大哭一頓，或者大鬧一頓，之後重整自己。
女人在感情裡掙扎不捨，最大的原因就是一直不明白：
「他如果愛我，爲什麼對我這樣？」

不過我又在想，
也許對男人來說，沒有不愛這回事吧。
鄭進一唱過：「對我愛過的女人，我永遠心疼。」
男人對自己有過的女人，總是戀戀不捨。
余光中也說過：
「男人的愛深而不久，女人的愛久而不深。」
我的小男人記得他所有愛過的女人，
記得她們的好處，她們的美，她們的動人。

他描述那些過往的深情使我心碎。
但是相對的，女人我，
開始喜歡他之後，立刻便把前男友拋到了九霄雲外，
甚至對前男友給我的傷害也不再有感覺。
也許這才是女性的殘酷之處。

看來與男人的最佳關係便是離開他，
男人總是難忘離開他的女人，
我可以想像自己在他日後的情人面前成爲美麗傳奇，
而同時間，
我早已將他遺忘。

71. 男人與貓

朋友在工作地點撿到了一隻貓。
等了兩天沒有人來要，他就把貓帶回家去了。

一個單身男人在五層樓的屋子裡養一隻貓，
我覺得那是孤寂到極點的形象。

是一隻小白貓。雪白的貓，從頭到腳，一點雜色也沒有，
徹底的白。因爲打點得那麼好，猜想絕對是家貓。
他帶貓咪去外頭拍照，白色的貓咪來到綠色草地上，
是小心翼翼的，一步一蹋，在草叢中探著小臉。
之後猶疑的擺著頭，嗅聞草香，
再輕輕的，小心的咬下去，

很顯然，這趟外出，對牠是全然的探險。
一隻，可能除了沙發，床褥和地毯，沒有接觸過別種地面的小貓。

最初不知道要如何照顧牠，把貓放在盒子裡。
小貓咪「咪嗚咪嗚」的叫著。打開盒子，小貓就撲過來，
抱住他的小指，輕輕囓咬著。
在那一剎那，他的小指體會了女人乳頭的感覺，
原來是餓了。

但是這貓咪不會吃魚。
看來是吃貓食長大的，
把魚放在牠面前，貓咪焦急的嗅聞著，卻無從下口。
牠繞著自己無法入口的食物，焦慮的咪嗚咪嗚叫著。
睜著玻璃般的褐色水晶的眼睛，抬著頭，
在朋友腳邊揉過來，又揉過去。
那是爲了食物，不是爲了愛情。
但是貓咪乞求食物的狀態，多麼像乞求愛呀。

聽一個男人形容貓，
是很特別的感覺。
似乎他對女人的感情可以完全投射在貓的身上。
貓，和女人，他寧願選擇貓吧。

72. 貓

我不喜歡貓。小時候一個人睡在閣樓上，床邊的窗戶面對著隔壁家的屋頂。時常在半夜醒來，看見一隻暹邏貓在窗外看我。黑色，帶點深褐色的暹邏貓，藍色眼睛，像個巫女。

後來在一對退休的朋友家裡，改變了我對貓的看法。

子女長大後，只剩夫妻兩個，於是他們把隔間全部打掉，整個家是六十坪的開放空間，可以在裡頭溜滑板。養了三隻貓，全都養得肥肥的，幾乎跟小狗一樣大小。

非常自在的三隻貓，各有不同個性。

泥泥是他們撿來的流浪貓，撿到的時候，牠陷在泥濘中，

下半身黏在地面上；

不知道哪個缺德駕駛從牠身上碾過去了。

都說貓有九命，只有這個說法能解釋

爲什麼牠下半身都被壓扁了還依然活著。

朋友送給獸醫診治，幫牠裝了義肢，但是只能裝一隻。

看到這隻三腳貓讓自己平衡的行步方式，

你才眞能體會什麼叫做優雅。

這隻三腳貓讓人覺得其他貓咪的第四隻腳是多餘的。

「Phantom」之所以叫做「Phantom」，

只要說：「你看過《歌劇魅影》嗎？」問話的人立刻就明白了。

「Phantom」臉上有一塊跟「魅影」非常相似的黑色皮毛。

喚牠做魅影，「Phantom」似乎就眞的具有了魅影的性質。

牠非常隱祕，總是站在高處，安靜和無聲的，

檢視著底層的人群。
牠永遠在高處走動。不是因為牠，
可能沒法想像一個家裡有多少可以高來高去的途徑。
牠在書架上，畫框邊沿，壁燈燈罩，屛風頂……
無聲的從這一頭消失，從那一頭出現。
沒有人看過牠吃東西。
魅影會在高處俯視主人放置牠的食物，一動不動。
然後隔一陣子過來看，會發現食物盆已經空了。
為了讓魅影保持牠的尊嚴，
所以朋友從來不去偷看牠是如何去吃放在地上的食物的。

最後一隻貓叫做「主席」。
主席是負責替主人鑑定朋友的。
主席很尊嚴，扁扁的臉，一雙大眼睛，非常大，黑，深沉，嚴肅。
牠如果可以開口講話，聲音一定是李季準那種。
內容也一定是李季準那種：
「有限的是我們眼前所見的世界，無限的是我們腦海裡的疆域。」

牠平日喜歡站在窗檯上，透過玻璃窗向外望。
所有來訪的客人，在進門的第一時間就會看到主席目光炯炯的盯著自己。
如果直到進門牠依舊全無反應的蹲在窗檯上，
那麼，用我們主人的話：「你沒有搞頭了。」
主席會視你若無物。
約半小時看見你還待著，就會設法來趕你走。
牠會站到你面前，非常嚴肅的瞪著你，
被那隻站在地板上的貓瞪視的時候，不知道爲什麼，
會讓人有一種牠平視自己的感覺。
總之那種明白自己不受歡迎的客人，
之後要來訪的時候，就會先問一下：
「可不可以把主席先關起來。」

我很榮幸是被主席接納的朋友。
我進門之後，主席就轉過身來觀察我。
那時候我不明白那原來是一種殊榮。
後來我和朋友坐著喝咖啡。

主席皺著眉，非常有意見的走到我面前來，
在我的咖啡和起司蛋糕之間蹲下來。
牠無言的看著我，好像我是一本書或一株花或一棵樹，
總之我確定在牠眼中我絕對不是人類。
觀察了半小時之後，牠靠近我，用扁扁的鼻頭來觸碰我的鼻尖，
接近到我能夠感覺牠觸鬚的氣味和飄拂。
那涼涼的鼻頭在我鼻尖上貼過又離去，之後再挨過來貼上。
如果我是一隻貓，那就是明確的愛撫吧。

在我留在朋友家的幾小時裡，主席過來跟我親熱過兩次。

我有半年沒去朋友家了，但是想到他家裡有一隻貓，
很喜歡我。可能時常想念我吧，也或許會夢見我吧，
就覺得非常開心。
在貓的夢裡，那個披著毛絨絨的長髮的人類，
會是什麼模樣呢？
我非常好奇。

73.
老

年少的時候，有個大我十歲的女性朋友告訴我：
「人不是漸漸老的。」

她沒生過孩子，直到30多歲都還維持著少女的身材，皮膚光潔，髮絲烏亮。時常被誤認爲大學生。
有一天早上起來，忽然就發現自己老了。

以前聽她這樣說，覺得是無稽之談。
現在發現：是眞的。

有一天早上起來，
忽然就看不見了，眼前的東西模糊，

報紙上的字像小螞蟻般跑來跑去。
剎那間，有了老花眼。

忽然就長出好多根白頭髮，
忽然臉上就多了幾道皺紋，
忽然腰間就多出一圈肥肉，
忽然所有的水分都堆積在臉上，
忽然就有了雙下巴。

不騙你，眞的就是這樣。

這讓我覺得很像電腦跑程式，
人體裡的那個機制是定在某一點上的，
當程式跑到那個點上的時候，
也許體內會有個「喀答」一聲，
機制便開始啓動。
於是就頭髮白了，

於是就皺紋滿面，
於是就腰間多出一圈肥肉，
於是就所有的水分都堆積在臉上，
於是就有了雙下巴。有了老花眼。

形容人有赤子之心，英文裡有一句話是：
「他裡面有個孩子。」

我倒覺得每個孩子裡面都有個老人，
隨著時光過去，就像發芽一樣的長出來。
等「老人」完全長出來之後，
我們便忽忽過完了一生。

74. I miss you

忽然覺得很想他，就傳了簡訊過去。
「I miss you」。

這是跟他學的。
他總是時不時就傳簡訊過來，
什麼事也沒有，只是簡單的
「I miss you」。

不知道他明不明白，這裡頭其實有魔法。
後來手機裡就存了他五十多通留言，
每一通都是「I miss you」。

不同的日子不同的時間裡，他發過來的：
「I miss you」。
就像許多的他自己，的碎片，
那無數的「I miss you」，
其實組成了巨大的什麼吧。

我有時開手機看留言，那一則又一則的
「I miss you」，
慢慢的按著鍵一則又一則，翻過去，
也像傾聽著他在不同的時空中，重複和單純的
述說這唯一的話語。
那時就覺得每一句「I miss you」，
其實有不同的意思。

忽然覺得很想他，就傳了簡訊過去。
「I miss you」。
傳過去了就很高興。想到那小小的低微的

嘆息一般的想念，
正躺在他的手機裡，
像是我自己的某個碎片，
寄放在他的心裡。

75. 情人節和花

情人節的下午，我在捷運車上。
看到女孩子捧著花束。
包裝得美美的，大把的黃色玫瑰花，
而送花的男人站在她身邊。

兩個人那麼明顯的向全世界昭示他們是情侶。
明明白白知道許多人在注視著他們，
而男人就必須驕傲，而女孩必須幸福了，
因爲他們在情人節做了多數情人應當做的事。

不知道是哪一種心理，
看到這樣理所當然的事情，

我總是覺得疲倦。

愛情其實是複雜的事情。
在情人節，一年一度的特定的那一天，
特定的某些時段，
愛情被包裝成如此簡單和甜蜜。
好像不會有背離，欺騙，哭泣和心碎，
不會有爭吵和原諒，不會有撕裂和彌合。
這件事使我覺得無奈和疲倦。

愛情裡，傷兵比勝利者多吧。
愛情的定律就是：每個人都會心碎。
勝利者和失敗者都一樣。
讓人心碎的人，其實自己也在某一個段落裡心碎。
以前有一首歌唱著：
「愛人的心是玻璃做的。」

今天是情人節的第二天，
窗外下著白白的雨。陽光很亮，
那不帶烏雲的白白的明亮的雨。
有點像是玻璃做的呢。

透過玻璃雨看過去，整個世界很清晰，發光。
就像世界決定了不要被情人節干擾，
無論有多少雨，
有多少淚水。

76. 氣味

我喝咖啡有很多年歷史。
從16歲就開始喝咖啡。
當時喝的咖啡，現在想來，
離所謂「咖啡」的境界其實很遠。
還記得那牌子叫「黑美人」，一盒十「塊」裝。
裡頭的咖啡是一塊一塊的，外層是黑色的咖啡，裡層是白色的糖，
第一次接觸那味道就迷上了。

愛咖啡比愛人簡單。
現在回想，像愛咖啡一樣，對一個人一見鍾情，
然後五體投地，愛上一輩子的對象，
好像從來沒有過。

爲什麼無法愛一個人像愛咖啡那樣呢？
大概因爲人不如咖啡那麼香吧。

在愛情裡，嗅覺是不思考的。
以前有個朋友，有狐臭。
他最難忘的一件事是，他某一任女朋友在跟他歡好的時候，
喜歡湊到他腋下去深深吸嗅他的氣味。
這件事我覺得很美。
我是不相信那女人當眞愛狐臭的味道，
但是我相信她是愛那個男人的一切，
表達自己感情的深度，最直接的方式便是去愛對方最不堪的部分。
但是這樣愛，兩個人還是沒有走下去。
她成爲他人生風景的一個景點而已。
看來要走長遠的路，生死以之的熱情是最不需要的。

我的有智慧的女朋友跟男朋友分手了。
原因是她跟他在一起一個月已經瘦了十公斤，

她沒日沒夜的想他，見不到他的時候，吃不下喝不下，
見到他的時候，又不想吃不想喝。
她說：「被另一個人影響成這樣是絕對不可以的。」
分手比繼續愛他容易。

分手之後，度過了最初的困難期之後，
她胖回來了。一切恢復正常。
只有一件事難以忘懷，
他的氣味。
那男人身上有一種青草的氣味，
偶爾，身邊會出現那氣味，環繞在周身，
就像他的生魂前來糾纏，
那時候，她便淚流滿面。

77. 近況報告

有朋友來關心我近日是不是心情低盪，
面對這樣的問候，差不多想了半小時才寫下「謝謝關心」四個字的回函。
人年紀漸長就是這一點麻煩，
好像許多情況都不會只是表面上那麼簡單，
說不好，其實也還好，
說好嘛，其實又不是那麼好。

「孤單不是天生的，
而是從你愛上一個人的那一刻開始。」

最近電視上老在播 KT Tunstall 的〈Other Side of the World〉，
號稱是蔡康永翻譯的歌詞，

在MTV上打出的這句話不知是不是歌詞翻譯，
不過看了老有種骨鯁在喉之感。

愛了人而會覺得孤單恐怕是因爲放棄了自己。
我大概是跟前男友分手之後就覺悟到不要依附任何人。
並不是對人性失望還是怎樣，
並沒有，只是認識到：
如果自己不能安置自己，
只會藉愛之名去依賴在另一個人身上的話，
兩個人都不會快樂。

我現在愛人的方式是，有你是錦上添花，
沒有，那也可以。
我還是可以自己好好過，
你願意來，便來。要走，便走。

但是因爲不小心，或者是存心不良，

最近的兩段感情都有點麻煩。
我說存心不良是因爲自己的感情被第三者介入，
而自己居然也去做了第三者。

要找藉口的話，只好說：
我這種年紀，碰到的男人都是有伴的，所以……

總之第一段感情結束就是因爲看到了對方的妻子。
有些事落了實就一點沒辦法。
我總算了解前男人的小情人爲什麼抵死不肯跟我見面，
不見面的話我就不存在。
不踏踏實實有眉有目的見到對方，
那麼所謂妻子或情婦，都不過是個字句而已。

而第二段，其實也是差不多的情況。
想到有另一個女人在承擔著與我被前男友背叛時同樣的心情和磨難，
就覺得：算了。

天下之大，我也不需要靠著傷別人的心來得到快樂。

可是說實話，一開始難道不知道有另外一個女人嗎？

也知道的啊。

只好說是自己存心不良。

不過，不良一時可以，不良一世，那就太糟蹋自己了。

78. Shape of My Heart

I know that the spades are the swords of a soldier
I know that the clubs are weapons of war
I know that diamonds mean money for this art
But that's not the shape of my heart

我知道黑桃是衛兵的劍
我知道梅花是戰爭的槍
我知道鑽石代表著金錢
但是我的心，我的心沒有形狀

盧貝松的《終極追殺令》裡，
殺手 Leo 死了之後，小女孩在校園裡種下

他養的盆栽，那時候音樂響起，
那首歌就是 Sting 的〈Shape of My Heart〉。

He deals the cards as a meditation
And those he plays never suspect
He doesn't play for the money he wins
He doesn't play for respect
He deals the cards to find the answer
The sacred geometry of chance
The hidden law of a probable outcome
The numbers lead a dance

我很喜歡 Sting，他最好的歌都帶點宮廷風味，
好像中古世紀，他用的樂器也很古典。
〈Shape of My Heart〉其實講的是賭徒，
賭徒的面具只有一張，但是這是難以猜測的一張，

黑桃，梅花和鑽石都有象徵，
「但是我的心，我的心沒有形狀」。
這首歌其實滿冷酷的，
但是Sting唱得很悲傷，
大約冷酷的底層其實都是悲涼的吧。
所有無情轉身而去的人，
其實也都有他們自己的悲涼吧。

He may play the jack of diamonds
He may lay the queen of spades
He may conceal a king in his hand
While the memory of it fades

I know that the spades are the swords of a soldier
I know that the clubs are weapons of war
I know that diamonds mean money for this art
That's not the shape of my heart

That's not the shape
The shape of my heart

我說：假如有一天我拋棄你，你會不會恨我？
他很慢很慢的說：「我不會恨人。」
他說他不會恨人，
只覺得捨不得放不下而已。

啊就是這句話讓我異常悲傷，
但是我依舊要無情轉身，
面對我自己選擇的孤單，
我自己請求的悲涼。

And if I told you that I loved you
You'd maybe think there's something wrong
I'm not a man of too many faces
The mask I wear is one

Those who speak know nothing
And find out to their cost
Like those who curse their luck in too many places
And those who fear are lost

I know that the spades are the swords of a soldier
I know that the clubs are weapons of war
I know that diamonds mean money for this art
But that's not the shape of my heart

79. 兩點之間

「兩點之間，最遙遠的距離是，
你站在我的面前，卻不知道我愛你。」

這句話好像是泰戈爾的句子。現在成了經典，
多數被引用在男女感情上。
但是其實在親情裡，無法傳達的愛可能更多吧。

電視上重播《靈異第六感》（*The Sixth Sense*），
小童星海利．喬．奧斯蒙和布魯斯．威利主演的。
小男孩有陰陽眼，可以看到亡者，
但是和他相依為命的母親完全不知道，
這孩子也沒法說出來。

有一場戲，小男孩在廚房裡看到了鬼，
他害怕得跑到房裡去找母親，
母親在房間裡，正在哭泣。
大人的傷痛和孩子的膽怯都是不可碰觸之物，
因此，當母親裝作沒事，悄悄拭去眼淚問兒子：「什麼事？」
孩子便回答：「沒有什麼。」
這一對母子，在各自隱蔽之時，
隨即相隔千萬里。

我們的最最隱祕與脆弱之處，
如果我們至愛之人不能一起承擔和分享，
那這種愛是有缺憾的。

如果我們最最隱祕與脆弱之處，
竟至無法啓齒告知那個我所至愛之人，
那麼這種愛是悲傷的。

80. 祕密

非常非常疲累的時候，
我就希望能躺在你身邊，
跟你握著手，
一同入睡。

你大約不知道吧，
在你完全熟睡之後，
你會緊緊捉住我的指頭，
你的手會不自覺的握緊，又放鬆，
握緊，又放鬆，
伴隨你心跳的節奏。

那是從你心房傳來的暗語，
是我自己獨有的祕密。
夜半來，天明去，
來如春夢不多時，
去似朝雲無覓處。

81. 小情人

法國女作家瑪格麗特．莒哈絲最著名的作品，
在台灣，應該是《情人》。
這部片拍成電影，女主角戴著麥稈帽，紮兩條小辮，
梁家輝飾演她住在越南的中國情人。

在《情人》拍成電影，小說大賣之後，
莒哈絲把這本書又重寫了一遍，
這本書就是《中國北方的情人》。

在她生命裡只占據了兩年時光的中國情人，
莒哈絲終生沒有忘記，但是在她離世時陪伴她的小情人楊．安得列，
莒哈絲談得很少。

楊・安得列27歲時進入她的生命，
之後就成爲她的「情人、祕書、助手、讀者、司機、護士」
以及「奴隸、傭人、出氣筒」。
莒哈絲當時66歲。兩人差距39歲。
兩人在一起厮守十六年。

一九九六年春天，莒哈絲去世了。
在她離世前，她對楊說：
「我就要死了，跟我走吧，沒有我了你怎麼活？」
這眞是大女人的極致。
她對楊的這句話，究竟是出於愛，還是出於自私，
大約只有楊與她自己能夠理解。
但是這句話正好完整呈現了她與楊的整個關係，
呈現了莒哈絲的巨大的自我和自信，
即算在82歲邁向死亡之際，
也完全不曾減損分毫。

人的自信從哪裡來的呢？
莒哈絲晚年寫過一段話：
「我給一個沒有見過的人寫信持續有兩年時間，
後來楊來了，他就取代了寫信。」
給一個從未謀面的人不斷的寫信，
就像對著空無發聲，那是悲傷和孤單到要發狂的情形，
而64歲的莒哈絲就置身在這種孤獨裡。
而兩年後，楊來了。一定像是她那些信件的回聲吧。

楊在莒哈絲身邊待了十六年，
其間無數次離開，又無數次回來。
「沒有愛情，留下來不走，那是不可能的。」
這是莒哈絲的另一句話。

是愛情讓莒哈絲自信和強大的吧。
在楊的離開和回來的反覆之中，

莒哈絲逐漸確認了自己於小情人的意義，

並且相信了那必然是愛情。

莒哈絲在死前對楊的那句遺言，現在來看，
是出於對楊的了解和憐憫。

她明白自己的死，就像逼迫楊再度出走，
而出走之後，楊永遠沒有路可以回來。

82. 正常

最近看了HBO台一部影片，叫《親密風暴》，
英文片名是*Normal*。「正常」。

潔西卡．蘭芝飾演女主角愛瑪。
她結褵二十五年的丈夫洛伊忽然決定變性。
洛伊告訴她，他的內在是個女人，
這麼多年一直囚禁在男人的身體裡，
現在，他決定讓自己完整。

自己廝守了二十五年的丈夫要變成女人了。
對任何人都是絕大的衝擊。
愛瑪不是沒有痛苦，

但是最後她選擇站在洛伊這一邊。
教會裡排斥被當成了人妖的洛伊，
神父來拜訪愛瑪，告訴她：
「教會特地准許你和洛伊離婚，
因爲他已經不是當初你嫁的那個人了。」

那時候愛瑪說：「神父，你可能不明白。」
愛瑪說：「He is my heart。」
她用手摁住自己的胸口，停了停，說：
「He is my heart。」
之後，眼中汪出淚來，可是她微笑，
又說一遍：
「He is my heart。」

我時常會對偉大的演員產生敬畏心，
就是因爲他們像古時候的神巫一般，
能夠將人性中最高貴的部分表達出來。

潔西卡蘭芝這一段演出非常動人，和單純。
原來眞正的愛可以簡單到極點，
就只是愛罷了。

片子裡，愛瑪的兒子質問母親：
他已經不是男人了，你爲什麼還愛他？
愛瑪說：因爲他是洛伊，他變成什麼樣子，這件事不會改變。

從前，關於同性戀，聽過一個說法。
有個小朋友跟我說：我只是愛他這個人，而他正好是男性，
如此而已。

我們喜歡一個人，究竟是喜歡他的什麼呢？
形體嗎？個性嗎？還是只是習慣了跟那個人在一起？
看了這部戲之後，我就在想，我喜歡的那個人，
如果變成了女人，我是不是就不愛他了？
大概還是會愛吧，因爲內在並沒有變呀。

如果他生病了，他潦倒了，他離開了。
大概也還是愛吧。因爲自己曾經相信過這是愛，
所以要繼續愛下去，否則這愛就成爲謊言。

如果不愛了，那就只有一個原因。
就是覺得他拒絕我了。

那就悄悄離開吧。

83. 生日快樂

美國有個諧星比利說過：
「過生日有益健康，
生日過得越多，
壽命越長。」

很開心今天一天是這樣開始的，
一早便接到你的電話。
我當然是被你從睡夢中吵醒的，
不過一大早聽見喜歡的聲音，
覺得很快樂。

起來之後便去喝咖啡，

在咖啡裡加人蔘片，加黑糖，
聽說都是對健康有好處的。

我有點想去爬山，因爲聽說也是對健康有好處的，
但是奮鬥三秒鐘後，決定還是不要一早就把自己累死，
於是又坐下來喝咖啡。

我起床第一件大事就是喝咖啡，
披著頭髮，穿著性感睡衣，
不，不是你想像的那種，
只是低胸，用兩根帶子紮在肩上的，麻紗睡衣。
我的電腦桌前有一面鏡子，時常打打電腦就照照鏡子，
我喜歡自己在鏡子裡，看上去似乎上半身全裸，
只在肩上飛著小蝴蝶的樣子，
那應該是等待的樣子吧，
假想著，也許，不久之後，會有一雙手，
落在我的肩上，那時候，輕輕一靠，

便靠進了可靠的港灣。

其實昨天一天非常的，
孤單。
好像頭一次懂得了有個小朋友說過的：「我很孤單」的意思。
覺得人心惶惶，
肯定自信和力量都不知道哪裡去了。
一整天想著，與我無關的你。

蔡康永還是聰明的。他說：
「孤單不是天生的，
而是從你愛上一個人的那一刻開始。」

愛也許是很糟的事吧，
愛了，便開始孤單，
不愛了，越發孤單。
可惜男人又不是可以去超級市場採購的東西。

就算精品店也買不到會讓人心跳的對象。

偶爾就會變得這樣，
害怕一個人行走。
忘記了人原本就是孤單的來，
也要孤單的去。

也要孤單的愛，
孤單的忘記。

84. 說謊

一個人的好處是：
不用說謊。

當然也有人是一個人的時候還是要說謊的，
對自己說謊。
不過我這麼多年走過來，
終於學到人生最重要的一件事，
就是：絕對不要欺騙自己。

會欺騙自己，我的看法，
是因爲對自己不滿意，
而那不滿意，通常是對自己無法符合外界標準的不滿意，
而不是對眞正的自己的不滿。

因爲同意了外界認爲自己「必須是什麼模樣」的看法，
因此對於自己不合尺寸的地方，就慚愧起來了，
爲了替自己辯護：我不是那樣的，
於是就承諾或者隱瞞或者誇大一些事情，
等騙完了別人之後，繼續騙自己。

我家裡是不准說謊的，
只要求小孩一件事，就是說實話。
只要說實話，我的承諾是：天大的事情都可以原諒，
包括殺人放火在內。
（其實殺人放火更不可以隱瞞吧？）

我希望將來我的小孩不需要爲自己辯護，
他們是什麼樣子，我就接受他們是什麼樣子。

Sheryl Crow 在她的歌詞裡說：
「騙我吧，我願意相信。」

其實「說謊」這件事，完全跟口才或信用什麼無關，
有關的只是對方要不要相信而已。
所以說謊的第一要義便是：
要說對方願意聽到的，和希望去相信的話。
如果對方不願意相信，
眞話也會變成假話的。

在男女關係裡，之所以只要說「我愛你」就可以擺平一切，
是因爲基本上聽到這種話，我們總願意相信那是眞的。

只有在男女關係裡，對謊言是一點辦法也沒有的，
眞話往往讓人心碎。
所以一個人的時候，至少有這個好處，
不必假裝自己不介意，
不必在相信與不相信之間擺盪，
不必欺騙別人，也不用欺騙自己。

85. 巧克力

我的朋友喜歡吃巧克力，
也喜歡美女，所以他過生日就要美女去買巧克力送給他。
看到他仔細的，一絲不苟的解開包裝，
剝去巧克力的外皮，珍視的輕輕咬下一口；
會覺得他吃下的不只是巧克力，
必然也伴隨著對於美女的傾慕和幻想吧。

我對食物的看法很實際，
食物就是食物。
我的女朋友看到紅酒就開始哭，
因爲分手的男人最愛喝 La Romanee Conti 。
她因爲那些離她而去的男人，

從此不去峇厘島，不喝紅酒，不吃蘋果，不穿藍顏色的衣服，
不看華納威秀，不結交戴眼鏡的男人……
我估計她失戀五次之後就無法出門了，
因為全世界都會變成傷心地。

也許「失戀自閉症」就是這樣發生的。

我完全同意自己絕對不是美食家，
向來都只覺得吃是很麻煩的事，
這大約是多年來每一頓飯都伴隨著選擇造成的。
總是在十字路口惶惶如喪家之犬，
想到的每一家餐廳都吃膩了，
那時就覺得：人為什麼要吃呢？
如果不用吃東西，人生會簡單的多吧。

前兩年在大陸拍片，跟著劇組吃便當，
吃到不願意吃，後來就不吃，

要到餓得受不了再說，這樣子把胃給搞壞了。
我以前一向是鐵胃，從來沒愛惜過，
現在終於報應來了，
變成了時不時就得塡點東西的人，
現在一天到晚在吃，不吃胃裡難過。

醫生說：「你以前不理它（指我的胃），所以它現在也不理你。」
它要痛就痛，要脹就脹，要吐就吐。
這是身體的危機，它開始反撲，
從前虧待它的，現在它都要討回來。

總之因爲一天到晚得吃，好像多少恢復了對食物的興趣。
說來我也不再年輕了，可是不知怎地，
我偏好堅硬的東西。喜歡吃甜桃（不喜歡水蜜桃），
甜桃咬下去有一聲脆響，是自備了配樂的食物。
喜歡所有的核果，吃起來卡崩卡崩的，
喜歡吃「偉特糖」，每次在超級市場一買好幾包，

因爲咬的時候，腦腔會有喳喳的聲音共鳴，
看來還是喜歡聲音，不是喜歡食物。

時常做功課的時候，旁邊放著偉特糖，小林煎餅，
多麗多滋，蠶豆青豆和開心果，
搭配脆甜桃和芭樂，青棗和慶州梨，
就像自備了食物的交響樂隊，
一邊吃，一邊有音樂響起。

86. 聽 Tom Waits

當你寫到你的生命時，就像一個水族箱一樣。
有些東西浮起來，有些沉下去。
有些東西活著，有些溺死。
有些看起來很不錯，有些很糟。
我知道自己在寫作的時刻感覺整個空間都是水。

很喜歡 Tom Waits 這段話。
我在網站上看到介紹 Tom Waits，是因爲看了介紹才開始聽 Tom Waits。

Tom Waits，一九四九年12月7日出生於加州波莫納，射手座。射手座成爲歌手，尤其是重要的歌手的人很少。Tom Waits 出身於中下階層，人很瘦小，一頭毛茸茸的頭髮，遮蓋住臉孔。網路介紹上說：他「最大的外在特徵是他那張永遠離不開菸的臉和提著酒罐的手，計程車司機的氣質和加州中下階層小人物的身影。」

聽歌這件事其實很個人的，感動別人的不一定會感動自己，別人寫得天花亂墜，自己有時候就是聽不出來。

手邊的 Tom Waits 是 Closing Time 這張。聽起來非常荒涼，大約合於自己目前心境，每天晚上寫稿的時候就放著。聽著單調的吉他聲，伴著 Tom Waits 那單調的，簡靜的嗓音。有時候不帶一點感情的聲音，卻似乎可以寄託許多感情，內在渾厚到不能自已。

我聽 Tom Waits 時，不特別覺得悲傷，也不特別覺得感動。他的聲音有金屬的感覺，平，薄，無限延伸。那冷是概念的冷，並不凜人。

半夜裡有他陪著，便覺得非常安定和平靜。

87. 觸電（一）

男女之間的「觸電」，又叫「一見鍾情」。
有腦袋明白的人說：其實沒什麼了不起的意義，
只是化學作用而已。

但是這化學作用為什麼發生得那麼少呢？
一生不過幾次，
有些人從來也不會發生。

我第一次眞正明白「觸電」這回事，自己已經三十歲了。
跟朋友跑去民歌餐廳聽歌。
聽歌當時沒什麼感覺，後來歌手下了台，
因爲跟朋友認識，過來打招呼。

那人從光線黯淡煙霧瀰漫的餐廳中走過來，
空氣中浮動著香菸，酒，食物，女人的粉香，人體的汗氣……
他由舞台上的光圈中走入台下的昏暗裡……

在《大智若愚》（*Big Fish*）這部影片裡，
男主角第一次在馬戲團見到女主角時，時間靜止了。
爆米花飄灑在空中，火圈的火凝結成不規矩的鋸齒狀，
跳火圈的老虎維持著剛躍起的姿勢，
小丑打跌的動作正進行到一半，
他以不可能的姿勢扭轉並懸浮停留在空間裡。

整個世界凝結，在那一剎那，像屏住了呼吸。
而男主角掠過所有的暫時靜止的人和事物，
觸到了女主角，
之後，一切恢復正常。
爆米花像花朵一般落了滿地。
聲音回來，時間回來，世界回來。

這是眞的。

就在那一刹那，所有不可能的景象在你面前發生，
任何人面對了此時此刻，都一定要相信：
那個人是特別的，而這相遇是有意義的吧。

西洋有這樣一種說法：
當你遇到眞愛的時候，耳畔會有鐘聲響起。
但是「觸電」時並沒有任何聲音，
這也許表示「觸電」和眞愛並沒有什麼關聯，
「觸電」就只是觸電而已。

而且，並不是同時發生在你和你的對象身上，
觸電是很孤獨的，只發生在你自己身上。
那個人在刹那間成爲你生命中最重要最獨特的存在，
但是他既沒有感覺，也不知曉。

88. 觸電（二）

我最近的一次觸電，發生在今年。

說實話自己也非常意外，居然在這種年紀，身上發生這種事情。
可能我根柢上還是一個夢想家吧。或者說，
可能在自己的內在，依舊有一些不符年齡的純情吧。

最初是聽到他的聲音。

現在回想，一見鍾情，一種絕對的傾心，或者觸電，
其實都需要天時地利人和，所有的因素沒有完美的搭在一塊的話，
便不會造成那種效果。

我在半夜兩點給他電話。這是我第一次打給他。
之所以挑這個時間，是因爲他說他跟我一樣是夜貓子，
我以爲他和我一樣醒著，
面前是無垠的，安靜清冷的夜。
但是打過去的時候，他睡著了。
那分明從睡夢裡被驚醒的聲音，清潤，含糊，孩子似的，
我就在那一刹那被電到，
自此萬劫不復。

爲什麼男人會有那樣好聽的聲音呢？
就像雲裡霧裡。
那是最沒有防備的聲音，是作夢的聲音。
好聽到像雲層的展開，像葉尖一滴露水落下。
聽見的時候，覺得心開了，心要化了。
上面的形容雖然肉麻，可是的確是當時的心境。
我小聲跟他講話，他就很迷糊的，有一搭沒一搭的，

完全還搞不清楚我是誰，許多的嗯嗯哦哦……
也許是因爲那樣的深夜，也許因爲他在半夢半醒間，
總之很有種喝醉了酒或者吃了迷幻藥的感受，
我覺得他的聲音美到難以形容，
「那樣美的聲音是可以抱著做愛的」，
後來就發了這樣的短訊給他。

89. 快樂

我和他在一起的時候，總是非常快樂。
這快樂不是因爲愛他。是因爲我們在一起的那種和諧感。
其實在一起並不做什麼了不起的事，
只是談話而已。

就像那天，坐在窗前，把屋子裡的燈全部關上。
面前是往辛亥隧道奔去的車輛，
在黑夜裡拖著彩色的尾巴，所有的車子不像車輛，
像在黑色河流裡泅泳的魚。

他就給我講那些魚的美，
講那些線條，色彩，角度，構圖。

讓我知道，世界原來也可以這樣看。

我們分享的並不只是肉體吧，
還有氣味，聲音，畫面。
跟他在一起，時常有種世界在那珍貴的幾小時裡全然停頓的感覺，
一切都非常緩慢，好像可以永遠不結束。
在那幾小時裡，我便在一種完整的幸福中，
如果當場死去，那靈魂一定也是直奔天堂，
而在冷寂的肉體上留著天啓般的笑容吧。

上次見面，跟他站在碧潭吊橋邊等朋友。
他給我講了一個新的故事，
關於一個愛喝酒的女孩。
她喝醉了酒就會去找那個男人，告訴他：
「帶我走吧。」
男人總是回答：「你現在喝醉了，等你清醒的時候再說。」
他從來沒有帶她回家。

她清醒的時候也從不開口。

如是過了一陣子，女孩終於在清醒的時候開了口，
「帶我走吧。讓我到你家去。」
然而這時候男人無法承諾了。
他的屋子裡已經有了女人。

愛的深度總是比不過愛的時機，
愛得多總是不如愛得及時。
「愛不得時」，恐怕比不愛更令人悲傷，
就像他依舊愛著他從前的女人，
然而那女人已經走了很久很久。

剛才，我一個人從碧潭的吊橋走過來，
買了豬血糕邊走邊吃。
有個法國朋友說他喜歡拿著法國麵包，沿著塞納河，邊走邊吃。
我現在的氣氛也不輸他呢。

在倚著橋欄站立，看著橋下的碧潭水時，
我覺得非常幸福。
會有這種感覺，
是因爲發現自己在想前男人和他的外遇對象，
而居然很希望他們兩人也好好的。
他給我的快樂那樣多，竟使我願意去祝福我所痛恨的人。

檢驗是不是眞快樂，
恐怕就要看自己是不是願意祝福自己不喜歡的人吧。

90. 觸電（三）

後來就見面了。

他這個人，怎麼說呢？
我生命中從來沒有出現像他這樣的男人，
我的夢想，渴望，或者喜好中，從來沒有這樣的對象。
若擺在前幾年，他是我絕對不會瞄一眼的類型，
是我絕計看不見的存在，
然而去見他之後，
我的世界便翻覆了。

他是個年輕又年老的男子，非常美。
用「美」來形容男人，似乎是奇怪的措辭，
但是有些時候，男人是很美的。

我的前男友，由於他外遇，決心分手，
請了朋友來協議談判財產分配。
他一進門，我便哭了。
因爲就在這樣決裂的時刻，他在我眼中依然那樣好看。
我就爲了我自己不能自拔的眼與心哭泣。

覺得對方美是因爲愛吧。
所以他時常說：「只有你才這樣說。」
他長的非常細緻，秀氣。
我從來不曾想像一個男人會長得像工筆畫，
他整個人，無論相貌，軀體線條，都非常的清和靈秀。
他是天秤座。有一切金星人的長處。
動作非常的優雅，緩慢，閒靜自若，
聲音非常好聽，相貌非常美，氣味非常好聞。
最近才又與前男友見過一次面。
他看上去完全不一樣了。

現在的他，只是個粗濁的男子。
我自己愛的光圈已經轉向，開始 focus 別人。
因爲不愛了，對方便回復成了尋常。
眞是悲哀的事。

與天秤男人的第一眼，現在想來，是有些戲劇化的。
我在窗口等他。前面是開闊的大路，路面上一個人也沒有，
然後他出現，看見了窗前的我，於是揮起手來向我招手。
在相見的第一眼，看到的是他整個人，
有點像面對著大銀幕，那唯一的主角，唯一的焦點，
我的視線裡充滿了他，像雷射一樣直接印烙到我的心裡。
然後他進入屋內，來到了我面前。
從 post 畫片成爲了活生生的人，有氣味，觸感，聲音，與顏色。
我昏了頭一樣的注視他，像剛上過麻醉的病人。
那時候就想：不行，這個男人，
我非要不可。

大概眞的是年紀大了吧，不那麼的純潔，所以才會興起這樣實際的念頭。

在我過去的經驗，我和我的觸電對象從來沒有眞正的接觸。三十歲時遇見的那個觸電對象，我在他身旁走了半年，隨著他的樂團從南走北，一語不發的注視他的生活，他的樂團有五個成員，全都是高大俊帥的男孩。去練唱時，一起走在忠孝東路上，背後跟著一條狼犬，那確實是讓人駐足的景象。

現在回想，我的天秤座男人與這名歌手有點相像。兩個人都是瘦削，長臉的男人。歌手有非常長的腿，總是穿著緊身牛仔褲。我因爲這樣，總覺得沒有比牛仔褲更能表現男性美的服裝了。寬肩，窄窄的小腰，倒三角體型。長髮垂在肩際。微笑時露出羞怯的小虎牙。

啊，我多年的回憶被翻攪起來了。

91. 算命

爲什麼人總是想知道未來會如何呢？
我佩服那些從來不算命的人，
大約要非常的智慧，或者非常的愚魯，
才能夠無知的面對自己未來或悲或喜的命運，而若無其事吧。

在碧潭橋頭有個奇怪的算命攤子。
我是好奇的人，凡是不尋常的事，總是能吸引我。
這算命的一男一女，都非常年輕，無論氣質或外貌，
都不像一般的卜者，比較像是學生。
他們穿著黃底綠字的背心，
看上去像競選期間的候選人義工，
不像是算命者。

我第一次在橋頭看見他們時，
算命的男孩正在敲打面前的一面羅盤，
打得非常快速。那羅盤都被敲打得翻了邊。
我是好奇的人，凡是不尋常的事，總是能吸引我，
所以就站在旁邊看。總也看了半小時左右吧？
他才停下來。我問是不是算命的，他說是。
我問了價錢，就坐下來算命。

我還沒開口。算命的男孩就說：
「我不想浪費你的時間，也不想讓你浪費我的時間。
所以，請你想清楚，沒有必要的問題，就請你不要問。」
聽他這樣說，我坐在那裡想了半天，就發現，
我實在沒有什麼必要的問題。

活到現在，有答案的事情，
其實自己都可以解答，

沒有答案的事，想必也沒有人可以解答。
就是解答了，我猜我不會相信，如果聽上去沒有什麼道理。
但是坐下來還是要算啦，所以就問了我的天秤座男人，
想知道我與他的因緣到底是怎麼回事。

我一生眞正的感情事件，包括天秤男人，
事實上只有三次。
我從來都感覺男人與女人的相遇，是非常神祕的事，
爲什麼會喜歡這個人，而不喜歡那個人呢？
爲什麼喜歡的人，有時候未必會牽連，
而不喜歡的人，卻廝纏終生呢？

我跟我的前男人是從不喜歡走到喜歡的，
一口氣走了十幾年。
他傷我越多，我就愛他越深。
這情形有點像我的好友說她自己的一句話：
「因爲輸的太多，不賭到底不甘願。」

我只是沒料到愛情裡的輸贏，
贏了是輸，輸了是贏。根本沒有道理。

而跟天秤男人，是從喜歡，走到越來越喜歡。
這樣喜歡一個人是不利健康的。
其實是不利一切事的。
所以，自私的我，一邊愛著，一邊想與他結束，
因爲不甘願被自己所不理解的力量所控制。
我問自己與他的因緣究竟如何，何時分手？
結果，奇怪的事情發生了。

算命的人要看他的照片，我沒有，他就說：
「那你在腦子裡觀想他好了。」
我開始想像天秤男的模樣。
而算命者一邊敲打羅盤，一邊準確的說出了我腦海裡的景象。

我想天地間是有一些難以解說的事情吧，

算命者為什麼能說出一個他從未見過的人的相貌呢？
他的特徵，形貌，清清楚楚。
我那時簡直背脊都涼起來。
因此，對他後面關於我與天秤男人的說法，
便無法不當一回事。

今天晚上，又沿著黑路去找算命者，
問自己和天秤男能不能分手？
之後帶著讓自己辛酸的答案又沿著黑路回來。
就怕要一直走在這條黑路上了。

92. 觸電（四）

我的女朋友FF，出國回來。瘦了五公斤。
哇，她出國才三天啊。
居然減肥減得這麼快。
她苦笑說：「觸電了。」

她在機場碰見他。
他是外國人。
（所以觸電是不在乎雙方國籍的。）
兩個人排在通關的隊伍裡，分開來的兩條。
FF在通過檢測門時嗶嗶作響，
於是被留下來檢查。

她蹲在地上打開自己的行李箱，找那個讓機器作響的東西。
也不知怎麼一抬頭，看見那個人正看著自己。

在那剎那間，時間停格，所有的人與景象，
靜止，
整個世界屏住了呼吸，凝結。
而那個人注視著她，慢動作，大步邁著長腿，
不，不，不是走向她，
只是走過了檢測門。

（以上所述不是FF告訴我的親身經歷，
是我替她模擬的。）

這次觸電想必在兩個人身上同時發生吧。
因為FF終於對付完海關離開的時候，
發現那個人站在機場門口，
還沒有離開。

兩個人在機場外又遇見的時候，

依然有微小的電波。

男人視線像黏在她身上，一直盯著她。

FF是理工科美女，解起微積分來像吃口香糖，

對於所有不能用邏輯來解說的事情，

通常就自己發明一個合邏輯的解釋。

她告訴自己：他一定還在等車子來接他吧。

在兩個陌生人之間發生巨大電波的時候，

通常要面臨兩個選擇：一個是就此離去，

另一個是順受那力量的牽引。

而在旅途中，作第二個選擇比較容易。

這男人究竟是臨時起意，還是早就打定主意，

這件事永遠無法知道了。

總之FF訂房的飯店車子來接她的時候，男人跟著上了車。

他問司機可不可以到相同的飯店住宿？
司機說不知道還有沒有空房間。

ＦＦ說，那時候，經過一番邏輯推論，
她半信半疑的接受了：這男人，可能，大概，也許，
其實，就是跟著她來的。

在車上，他甚至不曾試圖跟她講話。
兩個人只是非常貼近的坐著。
在小而密的空間裡，
讓彼此的體味混雜在一塊。

到了飯店之後，兩人一起到櫃檯 check in，
飯店有空房間，比ＦＦ的房間高六個樓層。
之後，兩人各自拿了鑰匙離去。
但重點是，兩個人知道了彼此的房號。

回房之後，他就打電話來了。

那三天，除了必須接洽公務的時間，兩個人都在一起。

兩個人倉卒的，要把一生的熱情，花用在這三天裡。但是，沒有上床。

沒有上床的原因是FF不肯。

FF獨身，至於男人，她沒有問。她一生沒有碰過這種事情。在她那合於邏輯的，清楚明白的人生裡，像這樣的事情，無論彼此間的吸引多麼明顯，多麼強大，她都覺得：完全不合邏輯。

所以，FF一邊神魂顛倒，失序，迷亂，一邊告訴自己：這不合理。

合理的人生，或者合理的感情，是絕對不可以讓自己在旅途中委身於一個陌生人的。

不管這個人跟自己多麼投契，多麼心心相印，多麼甜蜜，多麼悱惻纏綿，牽心掛肚，但是，在旅途中相識，他畢竟就是一個陌生人。

關於愛這件事，有人寫過：

「在宇宙無垠的漠漠荒野中，

兩個人相遇了，於是驚喜的說：

是你，就是你。」

電影《似曾相識》裡，男主角回到過去的時空見到女主角的時候，女主角的第一句話也是：「是你，原來是你。」

有這樣的話語，是因爲感應到了對方的心的共鳴吧。

所謂的「陌生人」，要如何界定呢？

知道了他的姓名，職業，身家財產，學經歷，就算是認識了嗎？

那顆心還是陌生的。

在感情裡，我現在的看法，還是相信「心」比較好，心的投合也許比外在條件的投合更準吧。

雖然這十分不合邏輯。

在兩人要分離的最後一個晚上。男人求FF跟他回房間。FF不肯。

他們在大廳的酒吧待到了打烊，才各自離開。

在電梯裡，男人又邀請了一次。

答案還是一樣。

回房之後，電話響了三次，便永遠寂靜了。

而FF不能入睡。她陷身於一種荒渴中，像身體從內部開始焚燒，那個直接衝上樓去叩他房門的欲望，占據了她整個的腦海和心。

她數度開了房門，又關上。進了電梯，又出來。

最危險的一次，是她終於站到了他那間樓層的走廊上。

那時候有多晚，已經不重要了。
那一夜的時間是天國的時間，漫長和龐大到無窮無盡。
一分鐘可以環遊全世界，而一小時可以生老病死，
一個晚上，無數國家興起，無數國家滅亡。無數朝代更替，
宇宙爆炸了又新生，膨脹了又滅亡。

而FF只是站在男人房間外的走廊上。
她告訴自己：
他如果竟然打開了房門，她就會進去了。
這是所有浪漫電影裡一定會發生的情節，
在眞實人生裡，卻幾乎可以保證永遠不會發生。
到了天亮，FF就回去了。
發現自己瘦了五公斤。

兩人就此再也沒有聯繫，沒有相見。
而FF很不合邏輯的發現，那男人沒有離去，

他始終停留在她的心房裡，成了她血管的分支。
在每一次心跳時重複那個FF沒有答應的邀請，
她每天都想起他，每天都聽見。
大約要死而後已。

這是好多年前的舊事。
她到現在沒有結婚，就不知道是不是這次觸電害的。

(所以觸電是有長痛和短痛之分的，
如果不是一次電死，
就是痛一輩子。)

93. 月光

貝多芬的《月光》，我從來沒有聽厭過。

年輕的時候，去看林麗珍舞展。其中一個舞碼〈青春〉，
用的配樂就是《月光》。
舞者穿著希臘式衣衫，飄飄的，全白，在舞台光線裡近乎透明，
舞者赤著腳，用腳尖點著地面，非常安靜的奔走，
幾乎就像月光在地面上四處灑落的感覺。

我從來沒有想到，《月光》可以是年輕的。

據說《月光》是貝多芬在有月亮的晚上，
看見月光在鋼琴上移動，啓發了靈感寫就的。

那時候他已經聾了。
這樂曲是失聰者的繪畫吧，
他用一個於他而言不存在的工具，寫出了他無法傾聽的樂曲，
用空無描繪了空無。
這也許就是《月光》爲什麼聽起來特別空虛的原因吧。

我聽《月光》不挑版本，幾乎任何人，就算初學者，都能彈得很好。
似乎那些音符有它們自己的魔力，像某種咒語。

《月光》聽上去空虛而荒涼。
它的美是失去一切的美，在所有的有形無形消失之後，
獨剩下它自己透明的存在。
孤獨到極點，荒寒到極點，又悲傷到極點。

在我還不知道孤獨是什麼，
荒寒是什麼，悲傷是什麼的時候，
就已經喜歡《月光》。

就像我在很早的時候已經預知，
人年長之後，必定有孤獨，
必定有荒寒，
必定有悲傷。

94. 觸電（五）

有個現在很有名望的女政治家，
在政壇上以敢說敢言出名。
看到她的嚴肅模樣，也許沒有人會相信，
她也有年少輕狂的時候呢。

我跟她少女時代就認識，大學裡她是那種成天戀愛的人。
留著大波浪捲的飄飄長髮，細跟繫帶高跟鞋。蕾絲花邊長裙，
大耳環，長項鍊，手環，渾身叮叮噹噹。
她的戀愛是快樂的戀愛，時常換男朋友，
每天去跳舞，夜遊，喝咖啡，看電影。
花蝴蝶似的飛來飛去。

請大家千萬別誤會她是什麼豪放女，
雖然我們那時候也確實有一些豪放女，
但是她不是的。
她只是用這種恣情的方式揮灑她的青春。
她是直接的人，大聲笑大聲說話大聲罵人。
只要有了trouble，全宿舍都聽到她在淋浴間哭泣。
她的人生好像帶著擴音器，
任何事件都放大，並且鉅細靡遺的傳播出去。

有一天，她出去喝咖啡，撿回來一個，
男人。

她出去喝咖啡，那男人一直盯著她，後來她離開的時候，
男人跟著她離開，之後又跟著她回來。
這個人她完全不認識。一句話也沒交換過。
但是他就像流浪狗一般，跟著她的裙邊，
亦步亦趨的回來。

那男人坐在宿舍門外的大樹下。
女學生們站在窗口偷看他。
我的女友不敢出去，躲在宿舍裡。
她說這個男人在咖啡廳裡一直看她，
後來就跟著她回來。她怕得要死，不知道他要幹什麼。

那男人坐在樹下抽菸，臉朝著女宿舍的方向。
天黑之後還在。黑夜裡只看到香菸頭微小的紅光，
像一隻卑微的獨眼。
第二天早晨，樹底下空了，只留下滿地菸蒂。

這件事，在當年被當作恐怖事件處理。
大家都很慶幸女友是住在宿舍裡，
否則不知道那男的會做出什麼事來呢。

《沈從文自傳》裡，寫過一個非常淒涼的愛情故事。

小鎮上富商的女兒死了。下葬之後，屍體失蹤了。
三天之後，米糧店的小夥計出來自首。
是他把屍體從墳墓裡挖出來，帶到山洞裡，
陪自己睡了三天。
官府尋到了山洞，發現小夥計擺了紅燭，鮮花，香米。
而美麗的女屍依舊穿著下葬的壽衣，衣褶紋絲不亂。

並不是什麼男貧女富因而不能結合的故事。
兩個人算是不認識吧。從來沒有接觸。
只是這男人每天看著她從自己面前經過，
每天看著。
而女方卻渾然不知世界上有這個人的存在。
因爲相差太懸殊，這種愛慕可能終其一生，
只是愛慕而已。
直到女方死了。

在出殯的隊伍經過街上的時候，

男人就下了決心，要把她偷出來。

小夥計被判了絞刑，在處死前，他被關在監牢裡，沈從文形容：

「他一點不怕，只是始終帶著微笑，喃喃的說：

太美了，太美了。」

很多時候，恐怖的背後是淒涼的。

多年之後，我忽然想到，

那在宿舍外抽著菸的男人，應該是被我的女友電到了吧。

在獨自抽著菸的那幾小時裡，

或許他置身在幸福中吧。

只是非常歡喜的，默默的喜歡著對方，

即使對方不知道也可以。

他給了自己完整的一個夜晚，坐在牆外守候，

守候的未必是那個對象吧，

也許只是自己生命裡極爲純淨的，無求的片段。

守候著自己心裡滿滿的愛，

慢慢升起，淹沒自己。

最近見到我的女友。

她完全不記得這件事了。提醒了半天，

她勉強同意在她當年那種風靡的情況下，

有可能會出現這樣一個瘋狂愛慕者。

但是有這樣一個人嗎？有這樣一件事嗎？

她完全不記得了。

我前面也說過了。

觸電是很孤獨的。

95. 空房間

韓國導演金基德是個想法詭異的導演。
西洋繪畫裡有一個流派叫「印象派」，
畫家從客觀的描繪方式轉成了純粹主觀，
完全照自己的想法來描繪外在世界。
是這樣一種概念才延伸出抽象畫，超現實畫派。野獸派。
當我們向內注視自己的時候，
我們映照出的世界便成為獨一無二的，
把這世界奉獻出來，便豐富了我們原有的客觀世界。

看金基德的電影要經歷三個層次：
一開始是震驚，因為實在太不道德，太黑暗，太悲傷，太恐怖……
是的，金基德的電影是要用大寫字粗體字來形容的。

之後便覺得很悲哀，爲了他影片裡那些無法宣洩的對於命運的憤怒，
到最後的時候，因爲他用那樣多的色彩，音樂構築出的華麗世界是那樣的賞心悅目，
你便開始原諒他，並且慶幸自己不在他的世界裡。

提姆．波頓喜歡用怪獸來包裝美女，
可能因爲他自己長相抱歉的原因，
提姆喜歡創造外型醜惡而內心美麗的角色，
他的《聖誕夜驚魂》和《地獄新娘》裡的卡通人物，
很像從「比醜大會」裡挑出來的。
堅持要用不美的外表來感動人心，
其實也是一種憤怒和對美的歧視吧。

金基德相反，他的人物都很美，
由我身爲影劇圈人的觀點，大概是爲了賣片吧。
他的人物都是俊男美女，

男的是白馬王子，女的是白雪公主。
上了年紀之後，王子成了酷帥不羈的中年性格者，
女的則成爲美艷不可方物的蛇蠍女。
這些美麗的美麗的美麗的
天神一般的男女，
一律在內裡有最無情最扭曲最肆無忌憚最惡毒的心腸。
他們很像希臘神話裡那些神祇，
高於人類之上，不把人當人，
但是自身依舊不能免於人類的命運，陷身於複雜的愛欲情狂之中。

我實在不喜歡金基德，一點都不喜歡，
不過有時也被他的奇思異想嚇到，會想說：
如果眞的這樣……
他前陣子的電影《空房間》就是匪夷所思的。
影片主角是個有開鎖技術的年輕人，只要知道屋主不在家，
他就開了鎖到屋裡去住一個晚上。

他是很有道德的竊居者，他自己帶食物去，
離開的時候會把一切恢復原狀。
所以被他「偷住」的家庭從來沒有發現。
有一次，他偷偷潛進去住的屋子裡有人。

浪漫愛情電影定律：凡是意外狀況出現的時候，
美麗男人碰到的一定是美麗女人。

這之後的情節便乏善可陳了，
男女主角經過一番尋覓與試探之後，開始談起戀愛來，
在屋子裡做所有情人該做的事。
直到，丈夫回來了。
兩個人不能不分手。

分手之後，男主角陷於思念中，爲了見到情人，
又不被那個丈夫發現，他發展了一種迅速出現又迅速移開的方法。
到最後，大概超過光速吧。

在片子結束時，男主角在女主角和丈夫交談中間去親吻她，而面對面的丈夫渾然不知，因爲他太快了，完全不是肉眼能見。

導演並沒有教化觀眾的企圖，所以他讓這女人微笑了，因爲她有了最安全的偷情方式。

不過，在我的觀點，如果安全，那算什麼偷情啊。

96. 給夢想時間

我們這世界上好像存在著
「正當行業」和「不正當行業」。

我不是指特種行業。
從事特種行業都未必會有人勸退，因爲通常收入滿高的，
另外雖然很有人一生只從事這一種行業，
但是不知道爲什麼，所有去幹這一行或者知道別人幹這一行的，
都認爲這是「暫時的」。

但是「不正當行業」不一樣，
所有進入「不正當行業」的人，
都是想把這行業當終身抱負的，

所以勸退的人很多，有時候連自己都會勸自己。
所以，事實上，「不正當行業」的人口很少，
總收入更少，我認識的一些從事「不正當行業」的人，
有時候一整年還賺不到一千。

「不正當行業」特徵：

1.通常無酬勞或酬勞極低。並且收入不穩定。
2.工時超長，通常情況是除了吃飯睡覺的時間都在工作。
3.別人永遠覺得：「不知道他在幹什麼。」
4.在「出頭天」之前，自己也不知道自己在幹什麼。
5.有時候要等到人死了之後才會出頭天。
6.一輩子都在掙扎要放棄還是要繼續。
7.與僞裝的不正當行業者很難區分。
8.多半有不良嗜好，菸酒嫖賭，網咖，電話交友之類。
9.多半沒有朋友，漸漸沒有家人。
10.進入非常簡單，出來非常困難。

我說的「不正當行業」就是夢想家。

這包括：編劇，作家，漫畫家，畫家，音樂家，歌手，演員，導演，發明家，政治狂，宗教狂，電影狂……等等在沒「出頭天」之前基本上被人當成瘋子的行業。

夢想家和瘋子，大約也只有一線之隔吧。

當一個人懷抱夢想，並且往自己的夢想之路前進的時候，不知道爲什麼，他便開始與整個世界格格不入，難怪在古希臘時代，夢想是貴族的權力。因爲人一開始夢想的時候，就開始脫軌。

朋友退伍之後在家裡畫畫。

一畫就畫了十年。這十年裡他就在麥當勞打工，每個月收入不到一萬。最大的開支是畫室房租和繪畫材料。因爲要畫畫，把自己的生活水平壓到最低，屋裡的家具都是撿來的，沒有電話沒有電視沒有電鍋沒有……唯一的電就是電燈，以及一台音響很爛的CD。

一直在麥當勞打工是因爲麥當勞供三餐和下午一頓點心。
所以人其實還滿健康寶寶的。

這男孩快40歲了，還在畫畫。
全家人到現在都還在等著哪一天他會「改邪歸正」。
但是我的看法，他自己在「養」他的夢想，有什麼不對呢？

所以，通常我們不會給夢想時間，
對夢想的正確態度就是「不要夢想」。
其實也不壞，好像一種自然形成的淘汰機制，
不夠 power 的夢想，會自然消失，
只有那種，被夢想日夜牽引，夢寐以之，悲喜以之，生死以之的人，
才會奮不顧身的投身進入「不正當行業」，
在成就之前，永遠懷疑自己是不是做了錯的決定，
卻又抱著這個錯，繼續努力下去。

我尊敬夢想家。

97. 哭

我之所以特別喜歡命理呀星座的原因，
大約就因爲一切事它們都還說得出道理來。

我紫微斗數是太陰坐命，據說是很女氣的命格，
再加上星座是月座巨蟹，
所以每次算命，算命仙總會說：
哦，很愛哭哦。

是很愛哭。
我不知道別人心情鬱悶如何發洩，
我自己是一定得哭一場來解決的。
可能淚水會把體內的和心靈的毒素一起帶走吧。

每次哭完，好像面前的世界就比較容易應付一點。

然而眞正說起來是很不喜歡自己愛哭這件事的。
一邊在哭，一邊感知自己的無能脆弱渺小是很糟的感覺。
不過比較好是哭過之後，好像能量會回來。
時常大哭一場之後，一切恢復正常，
那渺小無能脆弱的自己好像化入淚水中，
跟面紙一起扔進了垃圾桶，
剩下的是淬鍊過的，比較強悍獨立的自己。

我時常看著一些檯面上的人物，
會想：他們會不會哭呢？
不是說在媒體前的那些哭，
而是他們會不會也在四下無人時，
爲了自己，孤獨的哭泣呢？

我去算命。問我和天秤男是什麼關係？

算命者寫給我一句話：「不要為他哭泣。」
他說我問這句話時，他看到我坐著哭泣的畫面。
這件事也是石破天驚的，眞的不知道他為什麼會知道。
因為認識天秤男以來，我想起他便哭，自己也說不上來。
其性質有點像以前跑去打禪七的時候，
法師在上面說：「要懺悔！」我便在底下痛哭流涕的情況相似。
只要想起他，動念想到，便淚如雨下，痛哭流涕。
也不是悲哀或者傷心，有點像什麼制約似的，
他那裡一按開關，我這裡便像自來水嘩嘩而下。
如果有因果報應之說，我大約以前對天秤男做過很壞的事吧。

如是哭了半年。每次只要想起他，給他寫信，給他打電話。
總要哭個半天，完全不知道哭從何來。
不過最近想起他已經不哭了。大概眼淚已經還完了吧。
就不知道還有什麼要還的。

98. 濱口料理

在家時常看日本台的《黃金傳說》。
好像每次都是演「省錢大作戰」，
一個月只花一萬日圓過日子，
不同的人用很低的價格做出很漂亮的料理，
吃完了還要歡呼：「哦依喜～」（日語「好吃」）
裡面的濱口是幾乎每集都出現的。
濱口料理的特色是完全不按牌理出牌，異想天開，
每次弄出來的食物都極爲可怕，
而節目的趣味就是不管如何恐怖的食物，濱口一定會全部吃光，
然後拍著肚子喊：「哦依喜～內～～」
濱口料理的可敬可佩之處是他完全自得其樂。

我的料理也有這種精神，所以自稱爲「濱口料理」。

我的料理都超簡單的。我喜歡西式鍋子，
一直覺得比中式炒鍋好用，
我也不用鍋剷，用夾子。沒有比長腿夾更好用的「廚具」了。
超便宜。（一支10元）
多功能。（可以夾著肉用剪刀剪，可以夾菜和肉去洗，
可以炒菜，炒飯，炒麵。煎東西炸東西都用的上，手都不會弄髒。
燉肉湯時可以橫在鍋身與鍋蓋之間，以防水滾的時候撲出來。）

我因爲也有強烈的雙子座「備份」心態，
所以只要買夾子總是一買十支，
邊用邊丟。唯一缺點大概就是很容易彎折，
不過丟掉就是了。

我的鍋子三種：深鍋，淺鍋，平底鍋。

好，主廚上台了。

料理方法：

1. 把菜丟進鍋裡。（這菜可以是任何東西，當然要先切和洗）
2. 用夾子攪一攪。
3. 蓋上鍋子一燜。
4. 加調味。好，可以吃了。

如果要喝湯：

1. 把菜丟進鍋裡。（這菜可以是任何東西，當然要先切和洗）
2. 用夾子攪一攪。
3. 加上很多水。
4. 蓋上鍋子煮開。
5. 加調味。好，可以吃了。

如果要吃甜食：

1. 把湯料丟進鍋裡。（這湯料可以是任何東西，當然要先切和洗）

2.用夾子攪一攪。
3.加上很多水。
4.蓋上鍋子煮開。
5.加糖。好，可以吃了。

如果要吃……

敢說我的料理一定很難吃！欠打哦！
我說過了是濱口料理啊！

99. Leni Riefenstahl 蘭妮・瑞芬斯坦

最近電影台重播茱蒂・佛斯特演的《接觸未來》，
片子裡：外星訊息解譯出來，發現是一段希特勒的影片。
那段希特勒振臂高呼的畫面，便是取自蘭妮・瑞芬斯坦的《意志的勝利》。

渾身上下都是倔強的 Leni Riefenstahl，被希特勒稱爲「我的完美德國女人」，是個少見的傳奇女人。

34歲的時候，蘭妮・瑞芬斯坦就已經完成了她這一生最大的功業，
她活到102歲。
年輕的時候，只花了四年時間就成功了，
但是往後卻用了七十年的時間來後悔。
她的不幸和幸運都在於她做的事太巨大，太出色。

所以有時候成功也是會帶來災難的。

我在北京的時候看到介紹蘭妮・瑞芬斯坦。
那部影片叫做《瑞芬斯坦壯麗而可怕的一生》
（*The Wonderful Horrible Life of Leni Riefenstahl*）
這片名眞是超適合她，每一個字。

片子是她99歲的時候拍的。這女人驚人的美麗。
不是說外貌沒皺紋光滑細緻那種，
她的美麗是你眼睜睜從她的談話，相貌裡見到意志，見到力量。
她滿面皺紋，但是她在述說時，導演讓鏡頭直視她的臉孔，
幾乎長達十分鐘，而你不會覺得那是個枯槁的老女人的臉，
眞的除了「美麗」，無法有別的形容，
可以感覺她整整的一生，所有的壯闊的，豐富的，巨大的，
生命力量，從那張臉映照出來。

光凝視著那張臉，就會讓人落淚。

讓人明白許多事。
明白人生榮辱歡樂悲喜來來去去，
有些被遺忘，
有些永遠不能被遺忘。
我們盛載這些，有如容器。
但其實我們不是這些。

100. 假如

「假如，」你說：「假如我和別的人發生了關係，不是我願意的，而且，我會告訴你，那你會怎樣？」

「什麼叫做不是你願意的？」

「喝了酒啊，或者……」你笑起來：「也許我被下迷藥。」

「不願意的話，就算喝了酒，我相信也不會發生那種事。」

「那如果被下了迷藥呢？」

「如果眞的不願意的話，被下了迷藥，你也會設法拒絕的。」

你不說話，只是露著小虎牙微笑。

「所以，如果發生那種事，其實只有一個原因，就是你願意。」

你說：「可是我告訴你呀，告訴你就表示我不願意啊。」

「我說實話，我的心在你身上的時候，你要做什麼，我都沒辦法，因爲心在你那裡。那你要怎樣都行。你可以做任何事。但是，有一天我的心不在的時候，那你做什麼都與我無關。」

你這時候收了笑，說：「說眞的，你要是心在我身上，我會知道。你的心不在的時候，我也會知道。」

這就是你我的契約吧。

我把心放在你身上，你還報我你的知道。

101. 拜觀音

一早和朋友去龍山寺拜觀音。

我也眞覺得自己越來越像老太太了。開春讓小輩攙扶著去跟觀音祈福還願……

不，不還願，因爲我這輩子還是頭一遭去龍山寺，還沒許過願呢。進了山門，先是萬分驚奇。

哇，龍山寺長這樣子。

我的意思是說它不是很有名嗎？怎麼這麼小？

不過人挺多的。滿坑滿谷。在裡頭走動有種陷在一罐超巨大優酪乳裡的感覺，要很用力的從人跟人之間「擰」過去。都可以聽到自己脫離自己位置時，有個「啵」地剝離的聲音。

大概因爲今天元宵吧。

一群人排隊，手上拿著香。擠在小小的空間裡，有人拜完了之後，居然還擲筊。擲完之後，蹲下來，低頭在一大堆腳中間找他擲的筊到底是不是聖筊。

我因爲相信心誠則靈，一來不知道香要到哪裡去拿（或買），二來看見人那麼多，就算知道在哪裡，擠過去大約也耗時費力，所以就只是合掌拜了拜。把自己許的願望稟告觀世音菩薩，拜託祂成全，之後就和朋友又從人群中擠出來。

從進去到出來，歷時七分鐘。我覺得我滿有貢獻的，至少很快的空出「地盤」給下一位祈福的人。至於我是不是不夠誠心，我相信觀世音菩薩不是小心眼，不需要我在祂面前站個一兩小時來證明。

大年初四時我坐了一趟火車，那眞是可怕，車塞得滿車人都動不了。到站之後，要下車的人下不去，要上車的人上不來。

我猜想觀世音菩薩如果不怕嚇到我們的話，恐怕也會像那天的列車長一樣，會出來維持秩序，對大家說：「拜完了就回去，不要留在這裡。前面的人不要擋路，後面的人不要擠。不要在廟裡遊戲，拜完了把香插上就可以走了。」

所以我拜完就走了。

信不信由你。我11點回到家中，而我祈求的那件事，下午2點就來了回音。

102. 習慣

我一直想戒掉給你寫信的習慣。但是又在這裡寫了。

寫信是我的需要吧。在你上班時看見你把信開了，感覺似乎可以觸到你。

說愛你是我的需要吧。好像把一把花灑出去，看你願意接下多少。

另外也證明自己這裡還有許多許多的花，還有許多許多的愛可以給人。

今天有點想你。其實每天都多少有點想你，只是有時心情好有時心情不好罷了。

我沒有記述你我的第十九次見面。因爲又在把它當作最後一次。我每次跟你見面都是抱著最後一次的心情的。我不想記述，是因爲一記述就沒完沒了。但是我在今天，晚上，剛才的時候，很想你。

很想念躺在你旁邊，伸手過去抓住你，而你的寶貝在我手心中軟軟的滑涼的感覺。還有你在半夜醒來，完全硬了，就抱住我往我身上衝撞的力道。

我非常眷戀你我之間，肉體的，精神上的所有感覺。

我說我要離開你，你就說：「那你要負責幫我找一個可以談話的人。」哇，能夠談話的人有那麼簡單嗎？好像我是一個生產線上的零件，去找另一個來替換便是了。你說這話我當你在跟我開玩笑，我不生氣，但是會覺得你不懂我的價值。

你給別人留言或寫回應。我覺得你故意的。就像你上次給她寫信惹我生氣一樣。可是你爲什麼要「故意」呢。好像小孩子故意要不乖，好看媽媽是不是就不愛他了。老大，我也是會吃醋的呀。小心你玩火玩太大，我的愛就也會漸漸消磨的。

我跟你說我的限度在哪裡。

我不喜歡「玩玩」。你如果對那個人有一種眞正的深情，像你愛你的前妻，像你愛你的女友，那我就是心裡再酸，都可以繼續愛你。因爲知道你不是胡亂放感情的。你如果找到另一個對象來替代我，如果你是眞的喜歡了，那我可以退讓，而依然愛你。因爲知道你不是玩一時的。

我每次聽你講你的感情故事，當然不會聽得十分快樂，心裡會酸呀，但是知道這些事

情，只是使我確認你的情長，事實上總是更心疼你想愛你更多。但是你若只是「玩玩」，或者在試探我對你的感情，試探我的容忍度，

那我拜託你不要試探了。

你無須試探。我愛你便愛你，不愛便不愛了。

你自己也說過，我的心在不在，你會知道的。而就像前面說過的，我的心在你身上的時候，那我沒辦法，你要怎樣就怎樣。但是有一天我的心走掉的時候，其實也一樣，你要做什麼都可以。反正也與我無關了。

103. 達賴喇嘛

達賴喇嘛第一次來台弘法時，有人送我票，我就去了。

第一次參加法會，對我不虔誠的心來說，只有一個感想：可怕。

人好多，法器聲音好大，那奇怪的號角聲響徹天際，宏大，震懾。震耳欲聾。然後，上師說法的聲音好吵。藏語和英語和中文翻譯混雜在一塊。

佛家有理論是「境由心生」，我在法會上的煩躁不寧，直想奪門而逃，一定只是我個人心境的反映，我相信眞正的信徒一定在清涼境界裡。

寫到這一句，忽然有個奇異的感覺。佛經說娑婆世界千百億，或許就是指這個吧，外在世界只有一個，但由於我們心境不同，世界便在我們的認知裡有了千百億不同的面相。

我不願說那次法會給我的印象很糟或很好。好像不是那麼回事。比較像古典音樂剛入門的人被帶去聽華格納歌劇。有種進不去，而且那玩意離我很遠很遠的感覺。

不過達賴喇嘛給我的感覺很好。

他坐在台上，一小點。灰塵一般小。完全看不清楚。很可以找個隨便什麼人去冒充他，那樣遠的距離，我想不會有人發現。

達賴一上台，說的第一句話便是：「如果你們想來看達賴喇嘛行什麼神通，那我想我會讓你們失望了。」

他說：「我只是個很普通的人。」

二〇〇一年，達賴喇嘛在桃園體育場開示《心經》，在解說到龍樹菩薩的「菩提心」時，忽然掩面流淚，持續數分鐘，全場信眾默無一語，隨法王沉默。我相信當場一定有不少人和法王一起落淚了。

後來奚淞把這畫面畫成了圖，作爲天下文化出版的《達賴新經》的封面。

那次法會我沒參加，但是每次看到奚淞這幅圖，總是淚流滿面。自己也說不上來是爲什麼。

西藏稱轉世者爲「再來人」。達賴喇嘛，如今是十四世，理論上，他已經「再來」了十四次，每一任達賴喇嘛如果平均享壽五十，那麼現任的達賴喇嘛至少有七百多歲。這七百多年裡，他一直是萬人之上的法王，沒有做過平民，但是他的開示其實都非常平民化。講的是簡單和平實的道理。

像他的〈善因緣〉裡說：

「濃情烈愛與豐功偉業都蘊含著極大的風險。」

「先弄懂規則，才會知道該如何適切地打破成規。」

「請牢記在心，保持緘默有時候是最好的答覆。」

「所謂的最佳關係是指，雙方對彼此的愛凌駕在雙方對彼此的需索之上。」

「愛和烹飪之道即在恣情任性而爲。」

我覺得都是很棒的話語。只是不大理解法王是從何處開悟的，理論上他不是不涉情愛的嗎？

我有個搞攝影的朋友跑到印度的達蘭莎拉去拍達賴喇嘛。跟他聊天。我這朋友是很前衛和叛逆的人物。他問達賴：「你不覺得你一生不能經歷性交的快樂，很遺憾嗎？」

達賴微笑回答：「我怎麼會遺憾。我有觀世音菩薩。」

關於達賴這句話，每個人可以根據自己的心性作各種解讀，我以為無論多麼離譜都不會犯到達賴喇嘛。而我的解讀是：達賴在表達，他知道那種快樂絕不可能超越他在信仰中的快樂。而且別忘記，在藏傳佛教中，達賴喇嘛被視同觀音菩薩的化身。其實達賴即是觀音，觀音也是達賴。

104. 關於我自己

1. 我是資深夜貓，日夜顛倒超過二十年。
2. 我酗咖啡很凶。每天要灌六大杯。
3. 我對音樂書籍電影的愛好是雜食性的，什麼都喜歡，什麼都看。
4. 我不美麗，不過自認是個還頗有趣的人。
5. 對「人」這物種的興趣很大，所以是「人盡可友」或「人盡可夫」的。
6. 我愛哭，遇到要哭時是不管時間地點對象年齡的，我的年齡。
7. 我偶而會想自閉，在心情不好的時候。
8. 我寫點書寫點劇本，在紙面上處理人性，被公認爲「很懂人性」，但其實就只懂白紙黑字上的人性。人性化成血肉的時候，就時常慘敗。
9. 唯一優點是很快忘記。

105. 一樣很幸福

在愛情公寓裡看那些「幸福宣言」的對象，
最喜歡看到的，其實不是那種漂漂亮亮的俊男美女 couple，
反倒是那些其貌不揚的。

俊男美女談戀愛好像天經地義，實在沒什麼興趣。
挖哩咧，我自己就編寫了一大堆類似的情節呢。
反倒是那種非常平凡的，甚至有些照片和內容看上去，
完全是肉麻當有趣的，我反倒很喜歡。

我就是很喜歡不管自己的條件如何，
可是就很有自信的決定要好好談一段戀愛的人。
日劇《一〇一次求婚》裡，那個外貌很抱歉的男主角說：

「我的愛是不輸任何人的！」

多麼有power的一句話啊。

我的愛是不輸任何人的！別人能夠愛你多少，我可以愛的更多！

別人能夠愛你多眞，我一定也能夠比他更眞！

要是抱著這種魄力來談戀愛，我相信野獸可以娶到美女，

而「如花」可以嫁給王子。

這裡頭比較弔詭的是：怎樣才叫作愛呢？

《聖經》裡說：

愛是恆久忍耐，又有恩慈；愛是不嫉妒；愛是不自誇，不張狂，

不作害羞的事，不求自己的益處，不輕易發怒，不計算人的惡，

不喜歡不義，只喜歡眞理；凡事包容，凡事相信，

凡事盼望，凡事忍耐。愛是永不止息。（〈歌林多前書〉十三章四至八節）

這段話我一直很喜歡。

尤其是最後一段：

凡事包容，凡事相信，凡事盼望，凡事忍耐。

事實上，這世界上的愛，不論是任何一種類型，

都或多或少具有這些性質吧。

或至少在某個時間範圍內，具有這些性質。

比較困難的是「永不止息」。

要一路不懷疑，不後悔的，像內地一部很紅的連續劇劇名：

「把愛進行到底」，

這才最難。

所以，看到那些絕對不是公主和王子的男女，

快樂的擁抱著，向世界宣示：

「我們相愛了！」

總覺得非常感動。

他們提供的那些完全不唯美，卻異常眞實的畫面，
就好像在說：
「我們的愛是不輸任何人的!!」

106. 很難

今天通MSN，你說：「你好像最近都不想我了。」
我說沒有啊。其實是應付的說法吧。
是有一點「控制」住這種感覺了。
覺得不像過去那樣很急躁的想要掙脫什麼似的想你，
也不像過去那樣覺得很沒希望很慘和很悶的想你。
現在有時想起你有時不想你，就這樣。
不過你就有點像是我曾經在身上刺的刺青或是疤痕，
印記是永遠留下了。不像其他的一些；
在我身上經過的事，經過的人，我可以當他們不存在，
而他們就不存在了。

你就算是眞的離開了，或是我離開了。

依舊永遠存在的。
我的前男人用二十年做不到的事，你不到一年就達成了，
你也該同意你於我的生命，的確是一個 shock，
像被雷打到。

你總是說「順其自然」。
我說要跟你分手，你就說：「爲什麼這樣？爲什麼不順其自然？」
那故事你應該也聽過吧。
把青蛙丟在滾燙的水裡，它會立即跳出來。
可是把它放在溫水裡，讓爐火漸漸加熱，
青蛙就會昏昏睡去，什麼時候被煮熟了都不知道。
順其自然，在我來說，就像那隻躺在冷水鍋裡的青蛙。

我實在不願意死的這樣無聲無嗅。

我們的路不是通往結合，
是通往分離的。
這在一開始認識時就知道的，不知道的只是沒想到這件事會這樣難。

107. 惡趣味

春節過後，老朋友約喝春酒。

從我們挑的日子就可以知道我們這群人實在沒有什麼行情。
居然挑中禮拜二（2月14），
到了餐廳，侍者拿 menu 出來問我們要不要點情人節大餐，才驚覺：
「哇，今天情人節。」

凡是某種節慶的特餐，一定都保證很貴，和保證很難吃。
不過 Joe 是我們中間最有錢的，她是一人公司，去年一年就賺了八位數，
所以她二話不說，決定了吃情人餐。她說得好：
「總也要試試壞的滋味。」

我滿愛看命理節目，有一天看到張盛舒上節目，他講了個故事。說有個婦女找他去擇日剖腹，想生個貴子。

張問他：你要小孩大富大貴可以，可是會剋到你。

他說：凡是大富大貴之命，一定帶孤剋。那些大企業主，有錢人，世俗標準中的大成功者，多半是孤獨的。爲了拼自己的事業，與家人必定聚少離多，而位置太高，也難以交到眞正的朋友，這就形成孤剋。

所以，張盛舒說：「命其實都一樣，無所謂好壞，有所得便有所失，只看你著眼點在哪裡。」

（張盛舒是「科技紫微」創辦人，過去是搞科技的，研究起命理，果然也有獨特見解。）

所以Joe說：「也要試試壞的」，我覺得是品味過人生的看法。

雖然又壞又貴，不過，就欣然接受吧。

那晚上聊了許多，喝著白酒，吃法國餐。

（套句Joe的話：在法國餐廳裡，喝到這麼糟的酒，吃到這麼差的料理，也不容易啊。）

我們過了個品賞劣質風味的夜晚，因爲帶著這種態度，憑良心說：也還滿開心的。

我滿喜歡日語中的一個說法，就是「惡趣味」。

從朋友那裡聽來的。泛指某些漫畫家自己死愛偏偏卻不討讀者喜歡的一些表現方式。

因爲愛嘛，所以就不管別人看法，自己搞個沒完。

我在想，人有時候也要有一些自己的「惡趣味」吧，

因爲那是對抗了全世界，留下的自己想要的東西，好像比任何別的事，更能夠證明自我之存在吧。

你有沒有什麼惡趣味呢？

我的惡趣味大約就是時常要去鬧我的前男友吧。

因爲認識了十多年，這男人我摸得非常清楚。

每次見面，總先把他氣個半死（我知道他最受不了什麼事），

看到他到臨界點了，再說兩句話讓他笑回來。

（我也知道什麼事會讓他高興）

這樣想，難怪他要外遇，
明知道逃不出我的手掌心，依舊要逃，
這大約就是這男人富於元氣的地方吧。

108. 貼心

那天看日本片《忍 Shinobi》（台譯《甲賀忍法帖》）的時候想到了你。

劇情內容是忍者的故事。
幕府時代，深山裡隱居著伊賀和甲賀兩個對立的忍者村落。
由於天下平靖，幕府因此下了兩村彼此不得互犯的禁令，
使得兩村人共享了數十年的和平。

男主角叫「弦之介」，
女主角叫「朧」，分屬這兩個村落。
並且相戀了。

後來，幕府爲了消滅這一群忍者，

指定要兩村派高手互鬥，並且要鬥到只剩最後一個人爲止。
相愛的兩個人，因此便成爲了對手。

在最後一次見面，「弦之介」與「朧」在村外的山泉旁相見。
「弦之介」把自己用的絲帕送給了「朧」，
那是二人定情的信物，也是決裂的信物。
自此一去，兩人便是仇敵，見到了面，便要鬥個你死我活。
而朧垂著眼，將絲帕放進了自己最貼身的和服的裡層，
靠近自己的胸口。
那是封藏的動作，保證這份感情已經被收藏好，
是僅僅兩個人和死亡知道的祕密。

便是朧的那個動作讓我想起了你。
你曾經也做過這樣一個封藏的動作。
那是你與她的故事。

你說你總是想帶著她一起走。

每次每次，兩個人必須分開的時候，
你總是說：「如果可以把你變的小小的，放在口袋裡帶走就好囉。」

你就是喜歡所有的，全部的她。
就是愛到這樣。兩個人在歡愛完之後，你總還是覺得不夠，
不夠不夠。那時候，你說：
「我就會拿起她的內褲來聞。」而她就總是會搶下來，罵說：
「好噁心哦。」

那一天你要離開的時候，兩人沒有說話。你以爲她熟睡了。
這一次要去得很久，去得很遠。
你輕輕的下了床，不想吵醒熟睡的她。
等到穿好了西裝和鞋，準備出門的時候，你去床頭吻她，
這時她在被單下翻動，之後，捏緊了一樣物事，塞到你的手心裡。
那是她剛從軀體上褪下的，猶有餘溫的，
她的貼身的丁字褲。

你於是做了那封藏的動作，
把她的體溫，她的氣味，她輾轉的身軀，或者也有她的喘息和呻吟吧，
一起，放進了貼身的西裝內袋裡，
貼近胸口，心臟的位置。
那小小的，完整的她，便這樣躺在你的口袋裡。
貼著你的心。

109. 受不了

我剛才發了簡訊給你。我有時完全受不了跟你的關係。
尤其是中間失去規律的時候。

對我來說你我的規律是這樣：
我會在你上班的時候等你，等你給我電話，之後我才會去睡，
或著開始這一整天。
之後等著凌晨跟你MSN，亂講一些有的沒的，然後聽著你說你要睡了，
再開始工作。
之後，下一次再等你，等你上班的時候給我電話……
這中間的連結延遲或斷掉，我就會立刻覺得：
我跟你完了。

在我，我覺得我跟你會「完」了，
可能性其實比「不完」要大很多的。
我跟你會「分開」，可能性比「在一起」要大很多的。

我實在穩定性差你很多。

所以，今天的想法是：
既然你比我穩定，既然你比較不像我這樣容易受到干擾，
既然你比較強大比較有信念，那麼你要原諒我，包容我。
因爲我又要逃跑。
我總是要逃跑的不是嗎？
我也不知道我爲什麼要逃跑，不過我總是想跑掉，
也許有一天弄到你跟我都感到疲倦了，
或著是我終於不會再回頭，或著是你終於決定不讓我回來，
像你告訴你老婆的，
「這次走掉你就永遠不要回來了」

我覺得我好像期待你對我說這句話呢。
這句話對我就好像你說：
「我赦免你，你前世欠我的就此不用再還了。」

我其實時常覺得被你所囚禁。被你關起來。
雖然實質關係裡只有我限制你你沒有限制我，
可是我就是會覺得自己被你用什麼東西綁住。
這件事一想到我便想逃跑。
我每次覺得我很愛你的時候，就是我最受不了並且渴想逃跑的時候。

我這種伎倆你大約也看慣了，
請你把我當作風箏吧，當作我出去遊蕩吧。
總之我又不想理你了，
我們不要通電話不要MSN不要寫信不要見面。
我發誓，這次一定要脫離你很久很久。

110. 單純的幸福

有一個非常平淡和幸福的可愛 blog，叫做「Yealing 的自拍日誌」

http://blog.yam.com/yealing/archives/1007585.html

部落主叫葛蘿，他的老公叫戴門。

我在中廣聽到她的訪問，主持人問她跟老公是怎樣相戀的。

葛蘿很直接說：不是他追我，是我主動追他的。

戴門在葛蘿的哥哥公司裡做事，第一次見面的時候，葛蘿就決定這就是她要的男人。

葛蘿說：他無論外在和內在，性情和個性，都是我從小一直最喜歡的那種類型。

後來兩個人就結婚了。小夫妻倆幸福到不行。

因爲作妻子的這樣愛她的男人。看他什麼都好。

葛蘿在網頁裡拍他們生活的一點一滴，我自己看時很受感染，
覺得那是世界上最美麗的相片，
最美麗的生活。
我推薦一個男人去看這網頁。
這朋友自己也拍照，非常保留的說相片普通，
如果不是搭配文字解說，
那些相片沒有意義。

我想我是喜歡她照片搭配文章裡那種幸福感吧。
自己一點一滴把家建起來，每個點滴都敝帚自珍，
就是這樣。
這女孩很年輕。
人年輕的時候好像很容易幸福。
爲什麼呢？
大概因爲心不大吧。所以對自己所擁有的一點點小東西都非常寶貝。
容易滿足。

全心全意的愛一個男人，
自己便幸福了，那男人也幸福了。
可是年紀大了，這些好像已經不夠了，
就是還想要一些別的。

還是疑惑，爲什麼年紀多了一些，單純的愛，
就變得不夠了呢？

INK PUBLISHING 文學叢書 144

繾綣情書

作　　者　袁瓊瓊
總 編 輯　初安民
責任編輯　丁名慶
美術編輯　張薰芳
校　　對　余淑宜　丁名慶　袁瓊瓊

發 行 人　張書銘
出　　版　INK 印刻出版有限公司
台北縣中和市中正路 800 號 13 樓之 3
電話： 02-22281626
傳真： 02-22281598
e-mail : ink.book@msa.hinet.net
網　　址　舒讀網 http://www.sudu.cc

法律顧問　林春金律師
總 代 理　展智文化事業股份有限公司
電話： 02-22533362 · 22535856
傳真： 02-22518350
郵政劃撥　19000691 成陽出版股份有限公司
印　　刷　海王印刷事業股份有限公司

出版日期　2007 年 2 月 初版
ISBN　978-986-6873-02-7

定價　200 元

Copyright © 2007 by Yuan Chiung-chiung
Published by INK Publishing Co., Ltd.
All Rights Reserved
Printed in Taiwan

國家圖書館出版品預行編目資料

繾綣情書／袁瓊瓊 著.－－初版，
－－臺北縣中和市： INK 印刻，
2007〔民 96〕面； 公分（文學叢書；144）

ISBN 978-986-6873-02-7（平裝）

855　　95024915

版權所有・翻印必究
本書如有破損、缺頁或裝訂錯誤，請寄回本社更換

INK

INK INK INK INK INK INK IN
K INK INK INK INK INK INK
INK INK INK INK INK INK IN
K INK INK INK INK INK INK
INK INK INK INK INK INK IN
K INK INK INK INK INK INK
INK INK INK INK INK INK IN
K INK INK INK INK INK INK
INK INK INK INK INK INK IN
K INK INK INK INK INK INK
INK INK INK INK INK INK IN
K INK INK INK INK INK INK
INK INK INK INK INK INK IN
K INK INK INK INK INK INK
INK INK INK INK INK INK IN
K INK INK INK INK INK INK
INK INK INK INK INK INK IN
K INK INK INK INK INK INK
INK INK INK INK INK INK IN
K INK INK INK INK INK INK
INK INK INK INK INK INK IN
K INK INK INK INK INK INK
INK INK INK INK INK INK IN

INK